KiKi BUNKO

芥川龍之介は怪異を好む

遠藤 遼

芥川龍之介は怪異を好む　目次

——どうか Kappa と発音して下さい。

芥川龍之介《あくたがわりゅうのすけ》「河童《かっぱ》」

序

芥川龍之介《あくたがわりゅうのすけ》は強張《こわば》る肩と背中をぐいと伸ばした。

窓が灰色に明るい。

龍之介は読んでいた本を開いたままひっくり返し、文机《ふづくえ》に伏せた。

読んでいた本は『遠野物語《とおのものがたり》』。

柳田國男《やなぎたくにお》が岩手県《いわてけん》遠野地方にある伝承や説話を口伝《くでん》のままに蒐集《しゅうしゅう》したものである。伝承というが、そこにあるのは神隠しやオシラサマ、河童などの山神山人の話ばかりが収められている。

口伝を筆記しただけだというのに、独特のリズムがあり、文章美があり、人を惹《ひ》きつけて止《や》まない何かがある。

数年前に書店で見かけ、すぐさま購入し、読みだして止まらなくなった。

以来、何度も読んでいる。

夜に読むのがいい。

御一新だ、文明開化だと江戸《えど》から東京《とうきょう》に呼び名が変わっても、夜はまだ闇濃く、重たい。ランプをつけても部屋の隅に闇はたまり、夜の辻《つじ》は暗くよどんでいる。

そのなかで『遠野物語』を読んでいると、頁《ページ》のあいだから河童や山の神といった怪異がするりと現れるような心持ちがしてくる。

有り体《あてい》に言って、ぞくぞくするほどおもしろい。

「国破れて怪異あり。恋破れても怪異あり」

ごちりながら首を左右に倒すと、ごきごきと音がした。

会ってみたい、と思っている。

その見知らぬ怪異は、怪異として愉快なだけではない。

人とこの世を超えたものの目印だ。

古来、釈迦大如来《しゃかだいにょらい》もキリストもこの世を超えた聖なる世界を説き、プラトンも美の理想《イデア》の世界を説いた。

その「聖」や「美」を垣間見《かいまみ》たい。

できるなら捕まえて、小説のなかに閉じ込めてしまいたい。

怪異もまたこの世を超えた世界のものなら、龍之介が追い求める聖と美の片鱗《へんりん》なり残《のこ》り香《が》めいたものなりがあるのではないかと考えている。

昨日から降っている雨はいっこう止む気配がなかった。それで、朝になっても灰色なのだ。二階の窓を開ければ、雨の湿気が鼻から肺腑《はいふ》を満たす。冷たく、清冽《せいれつ》な空気だった。

徹夜でほてった頭に心地よい。

世間は一夜を眠って、昨日一日の喧噪《けんそう》をすっかり鎮《しず》めている。

身を清めるような朝の空気のなか、人の世を超えたものの物語を読むのは楽しかった。

雨音がする。灰色の朝は、雨に煙って遠くまで見えなかった。まるで雨の杜《もり》のようだ。ひとつひとつはばらばらなのに総体として川のように鳴っていて、西洋の楽団の交響曲《シンフォニー》な均整に聞こえる。

腹が鳴った。

「怪異も空腹には屈するか」

龍之介はまた独《ひと》りごちて、大きく伸びをする。あくびが出た。急に徹夜の眠気が襲ってくる。先ほどまで怪異の世界にどっぷりつかっていたのに、これだ。われ俗物なり。空腹を覚えたせいで肉体の感覚が戻ってきたからだと思った。

飯の時間まで、もう少し待たねばならぬ。いま寝てしまったら朝飯を食いそびれる。食いそびれたら空腹に目を回す。目を回して家で行き倒れは情けない。今日は悪名高き英文学科の授業があるから、大学に行かずに本をずっと読んでいてもいいのだが。

夏目漱石《なつめそうせき》先生が英語教師として教鞭《きょうべん》を執《と》っていてくれたら、最前列で拝聴するのに。

いまの授業では猫も食わぬ。そのぶん、本を読み、自分なりの小説を書きたい。

だが、家の期待に応《こた》えるためには学問を修めねばならぬ……。

開いたままの『遠野物語』を思い出したときだ。

蕭々《しょうしょう》とした雨のなか、人影らしきものが見えたように思ったのである。

龍之介は訝《いぶか》しんだ。

まだ朝早い。やっと明るくなろうかという頃合いに、出歩いている人間というのはいかにもあやしかった。

傘も差していない。

人影は近づいてくる。

その足取りもよろよろしていて覚束《おぼつか》ない。なによりも龍之介が奇異に思ったのは、その者が五歳かそこいらの男児に見えたことだった。

「どうしてこのような時分に子供が出歩いているのか」

粗末な着物を着た男児が、ざあざあ降りの雨にふらふらしているとわかると、龍之介は部屋を飛び出したのである。

迷子か。それともなにかしらの犯罪か。

はたまた――神隠しか。

傘を差して外へ出ると、雨脚が少し強くなった。

龍之介は自らの袴《はかま》に泥がはねるのもかまわず、膝《ひざ》を回して駆け寄る。

「きみ」

と呼びかけると、相手はびくりとなってこちらを見上げた。

やはり男の子だった。かすりの粗末な着物も黒髪もすっかり濡れそぼっている。眉毛《まゆげ》はきれいな三日月型をしていて、黒目がちの瞳をしていた。色白だったが頬だけ赤くなっているのは寒さのためだろうか。怯《おび》えたような目でこちらを見、声をかけられた途端に両手で頭をかばうようにしていた。殴られるとでも思ったのだろうか。だとしたら、よほどにひどい目に遭《あ》ってきたに違いない。

龍之介は持ってきたもう一本の傘を差し出した。

「とにかく、これを使いなさい」

男の子は龍之介を探るような、怖がるような目をして動かない。

そのあいだにも雨は無慈悲に降り続けていた。

「僕はあやしい者ではない。東京帝国大学《とうきょうていこくだいがく》の学生で、すぐそこに住んでいる。窓からきみが見えたから心配になってきてみたのだが」

男の子は相変わらず頭をかばいながら、か細い声で尋ねた。

「おじさんは、いい人間なの？」

龍之介は自分の傘を傾けて、男の子が濡れないようにしてやる。

「たぶんいい人間だと思う。さ、雨で寒いだろうからこの傘を使いなさい。おうちはどこだい？　お父さんやお母さんは？」

男の子は「お父さん、お母さん」とつぶやいて、眉を八の字にした。手も足も動かさず、こちらを見上げている。龍之介はちょっと困った。これでは自分のほうが男の子を拐《かどわ》かそうとしているように見られやしないか。

「ずっと雨に濡れていたら風邪を引く。風邪を引いたら、お父さんとお母さんが悲しむだろう。ああ、そうだ。もうすぐ朝飯ができる。あったかい味噌汁で身体をあたためるといい」

朝飯という単語に、男の子の喉《のど》がごくりと動くのがわかった。この子も腹が減っているのか。つらいことがあってしかも空腹となればつらい気持ちも増し、他人を警戒するのもわかる。

「じゃあ、一緒にご飯を食べよう。それからきみの家に送っていこう」

すると男の子はひどく悲しげな表情になった。

「どうやっておうちに戻ったらいいか、わからないんです」

「そうか。じゃあ交番に行こう。さ、ともかくも飯だ。僕はきみをぶったりしないから、頭の手をどかして傘を使いなさい」

男の子は首を横に振ると、龍之介の身体に寄り添うようにした。

「このままでいいです。傘は苦手」

そう言われて、龍之介は気づいた。持ってきた予備の傘は大人向けの大きさ。これでは子供には扱いにくいだろう。しかし、家にこれしかなかったのだ。

「ああ、傘が大きかったな。これは悪いことをした」

「おじさんは悪いことしてません。おじさんはいい人間なんですよね」

「いい人間のつもりだ。それよりもできればその『おじさん』というのはやめてほしいな。まだ二十三歳だから。あと、僕の名前は芥川龍之介という」

男の子はバッグと名乗った。英語で袋、または鞄の意味。本名ではあるまい。まだ小さそうだし、親からそんなふうに呼ばれているだけだろう。

龍之介は玄関ではたとなった。

濡れたままのバッグを家のなかに入れたら、文句を言われそうだ。

ちょっと待っていてくれと言って、龍之介は泥で汚れた袴を持ち上げるようにして玄関の三和土《たたき》から式台に上がると、適当に泥を払って、そのまま二階の自分の部屋へ急いだ。簞笥から取り出したきれいな手ぬぐいを持って下に降りる。

飯がふくふくと炊けるいいにおいがしてきた。

バッグは玄関先でたたずんでいる。もう雨も降っていないのに、両手で頭を隠していた。

「さあ、この手ぬぐいで草履《ぞうり》を脱いだ足を拭《ふ》きなさい。それから、こっちのきれいな手ぬぐいで頭や顔を拭くといい。それから上にあがって僕の着物でよさそうなものを探そう」

と言ってやったのだが、バッグは頭の上から手をはずそうとしない。

「乱暴をしたりはしないのだから、安心なさい」

と再三、龍之介が言うと、バッグは恐る恐る手を伸ばそうとした。その仕草が変に滑稽《こっけい》だった。なるべく頭の上から手をずらさないようにしているのだ。

龍之介は心配になった。

「どうしたんだい。怪我でもしているのか」

と、頭のてっぺんを覗《のぞ》き込もうとすると、バッグは「だ、大丈夫です」と身をよじった。

「いいから見せてご覧」

龍之介がバッグの頭の手をどかした。

刹那《せつな》。ふたりは異口同音《いくどうおん》に「あっ」と言って、互いを見合った。

バッグの頭の真ん中だけ髪の毛がなかった。のみならず、そこには楕円形《だえんけい》の皿がのっていたのである。

龍之介は突然了解した。バッグは人間ではない。怪異だ。ついさっきまで読んでいた『遠野物語』にこのような怪異が書かれていた。

「その頭は——河童、なのか」

龍之介が呻《うめ》くように言うと、バッグの黒目がちの瞳孔が猫のように縦長になった。

「はい」とバッグが、か細く答える。

「僕を、襲うのか」

「襲いません」

それきりだった。

龍之介の息が荒くなる。

怪異だ。

怪異がいたのだ。

どちらもなにもしゃべらない。しゃべれない。

龍之介は笑みがこみあげてきた。

戸を開ける音がした。

家族か女中か、誰かがこちらにやってくるかもしれない。

そんなことになったら、バッグの正体がバレてしまう。

千載一遇《せんざいいちぐう》の好機を逃してなるものか。

次の瞬間、龍之介は自分でも信じられない行動をとった。

バッグの頭の皿を隠すように手ぬぐいをのせると、一メートルくらいの身体を小脇に抱えたのだ。

驚いて叫びそうになったバッグの口を塞《ふさ》ぐ。

龍之介はそのまま玄関から飛び上がり、自分の部屋へ駆け込んだのだった。

第一章　本所《ほんじょ》七不思議はほんとうか

一

龍之介《りゅうのすけ》は自分の部屋に転がり込み、すばやく戸を閉めた。
息が乱れている。
小脇に抱えていたバッグを下ろした。
龍之介とバッグ、互いの顔を見合いながら、どちらもが肩で息をしている。
「なんだ。龍之介、珍しく騒がしいな」
という父の声がして、頭から血の気が引いた。
文机と本棚と入りきらない本であふれた部屋のなかに、異質なものが出現している。
河童である。
部屋に河童がいるのだ。確証はまだだが、おそらく間違いなく河童なのだ。
だが、同時に河童は五歳くらいの男の子だった。
自分はなんてことをしてしまったのか。
これでは誘拐ではないか。

いや、相手は河童だから人間の法律は適用されないのか。そうだとしても、河童を勝手に捕獲してしまったのはなにがしかの罪にあたらないのだろうか。希少な動物を届け出なしに私《わたくし》してはならないという法律はあっただろうか。

いやいや、そもそも河童は動物なのか。

それ以前に——ほんとうに河童なのだろうか。

バッグは頭の手ぬぐいを両手で押さえている。雨でびしょびしょになったかすりの着物から水滴が落ち、部屋の畳に水たまりをすでに作っていた。

龍之介は、文机に置いてあった『遠野物語』を思い出し、河童の話の頁を開いた。

するとバッグが首を伸ばすようにして、

「もしかして、人間が読む『本』？　この部屋にたくさんあるの、全部が本なんだ」

と、無邪気に目をきらきらさせている。

「ちょっと待ってくれ。『遠野物語』には、『外《ほか》の地にては川童《かっぱ》の顔は青しというようなれど、遠野の川童は面《つら》の色赭《いろあか》きなり』——他の場所の河童の顔は青いというようだが、遠野の河童は顔の色が赤いと記述されている。ところが、きみはそのどちらでもない」

色白のかわいらしいただの男の子だ。どこか垢抜《あかぬ》けない。

「とおの……？」と首をかしげる仕草やその首筋が、やはり人間の男の子だった。

「河童、なのだよな……」

龍之介は呆《ほう》けたように繰り返した。

「はい」とバッグが礼儀正しく返事する。

河童も怪異の一種である。

怪異はもっと暗く、恐ろしく、あやしげなものでなければならないのではないか。

龍之介はあらためてバッグを観察した。黒髪、たれた眉、たっぷりしたまつげ、黒目がち。色白の肌に頬はふっくらしてほんのり赤い。唇《くちびる》はやや薄いがいかにも子供らしい清らかさがあった。ごく大ざっぱにまとめてしまえば、まるで乙女《おとめ》のようで、まだ幼いが紅顔《こうがん》の美少年と呼ぶにふさわしい外見をしていた。

危害を加えてきそうには、見えない。

龍之介はおずおずと、しかしある種の興奮を覚えながら、尋ねた。

「もう一度、頭の皿を見せてくれないか」

バッグが手ぬぐいをずらす。短く切った童子《どうじ》の髪の頭頂部だけ、楕円形に毛がない。手を伸ばそうとすると、バッグがびくりとなった。

「頭の皿はぼくたちの弱点なんです」

ここは、ものの本にあるとおりだ。

「すまない。……触ってみてもいいか」

「……ちょっとだけなら」

龍之介は手を伸ばし、バッグの頭頂部の「皿」に触れてみた。

手が触れた瞬間、バッグがまたびくりとなったが、龍之介にされるに任せてくれている。

皿に触れた龍之介の指先があたたかかった。皿というから陶磁器のような冷たいものを想像していたのだが、違っていた。生き物の皮膚《ひふ》のあたたかさだ。それはそれで、奇怪な印象を受けた。

「皿は、湿っているのだな」

「乾ききってしまったら倒れちゃいます」

まずい。もっと知りたい。

龍之介は皿から手を離すと、バッグの後ろ姿を覗き込んだ。

「背中は、亀のような甲羅《こうら》はないのだな」

「そういう河童もいると聞いたことはあります。ぼくらはちがうんです」

龍之介は少し落ち着いてきた。汚れた手ぬぐいで、バッグの足元の水たまりを拭く。

バッグの足は小さく、肌はやわらかい。

「ふむ。これでは頭を剃《そ》った子供と変わりないように見える」

すると、バッグはちょっと頬を膨《ふく》らませた。

「ぼくは河童です。河童であることは誇りなのです」

そう言って、バッグは先ほどと同じように自らの瞳孔を猫のように縦長に絞ってみせた。

あ、と龍之介は言って、尻餅《しりもち》をついた。不意打ちだった。

さらにバッグは両手を開いて突き出すようにした。カエデの葉のようだ、と見ていると、その手が変化した。五本の指のまたのところがみるみるうちにつながっていく。あ、と再び龍之介は目を見開いた。

気づけば、バッグの両手の指のまたには水かきが出現している。

「驚いた。そんなことができるのか」

と小さなバッグを見上げて、さらに龍之介は驚愕《きょうがく》の声を発した。

バッグの薄い唇が前にせり出して、くちばしめいたかたいものに変わっていたからである。気づけば顔――というか全身の肌がうっすらと緑色になっている。

「ほら。河童でしょ?」

とバッグの声で笑っていた。

さすがに、ちょっと怖くなった。

怖くなったが、愉快な気持ちがじわりじわりと腹の底から滲《にじ》み出してくる。

もっともっと知りたい。

「本物だ。本物の河童だ」

龍之介が認めると、バッグは手品のようにもとの童子姿に戻った。

「おじ……芥川さんみたいに、いい人ばかりではないから、人前でめったに河童の姿になっちゃダメって言われてます」

「それは、お父さんやお母さんからか」

「そうです。それに、どんなにがんばっても頭の皿だけは隠せないので、人間に近づいちゃダメだって」

龍之介の心がわきたった。『遠野物語』の代わりに、文机の原稿用紙とペンをとる。

「もう少し話を聞かせてくれ。僕の小説の参考にさせてくれ。ああ、描写だけでは心許《こころもと》ない。ちょっと絵を描きたい」

「え？　え？　しょうせつ？」

「英語でいうnovelだな。わかるかい？　友人たちと同人誌を出しているんだ」

字を書いたり、絵を描いたり、筆があちこちに走った。

龍之介がバッグを質問攻めにする。どこから来たのか。どうして来たのか。この界隈《かいわい》に河童はたくさんいるのか。家族構成、それに両親やきょうだいの名前はなにか。

だが、バッグの答えは的《まと》を射《い》ないものばかりだった。

どこから来たのかわからない。川の名前は特にない。どうしてここに来たのかわからない。自分たちの住《す》み処《か》の川のそばで足を滑らせ、折からの雨で川は水位を増して流れも速く、流されて気がつけばこのあたりにいたという。

不思議な話だった。この界隈にそのような大きな川はないのだが。怪異の世界とこちらの世界の境界は、ただの地図上の区分ではないに違いない。

ちなみに、住んでいた土地は「かりあび」というのだそうだが、少なくとも龍之介は聞いたことがなかった。

それから、バッグにきょうだいはいない。おまけに、両親もいないという。

「お母さんは病気で死んじゃって、漁師だったお父さんも漁から帰ってこなくて。だから、ぼくはどこにも行くところがないんです」とバッグがうつむく。

愛らしい五歳の男の子を涙ぐませてしまって、龍之介は良心が咎《とが》めた。

「すまない。変なことを聞いてしまった」

と謝る一方、ちょっと困ったことになったのではないかと思った。バッグは迷子の河童、迷い河童であり、そのうえ身寄りのいない天涯孤独の身。誘拐犯にならなくて済みそうではあるが、今度は河童を保護する立場になってしまったのではないか。

河童誘拐犯と河童の保護者。どちらがたいへんなのだろうか……。

反対に、ある種の歓喜めいたものも感じていた。

「どうだろう、バッグ。このまま僕のところにいないか。どうやって来たかもわからないということは、どうやって帰るかもわからないのだろ? だったら、しばらくここにいるといい」

バッグは目を丸くした。

「いいんですか」

「他に行くあてもないのだろ？　いいさ」

「でも、ぼく、お金とか持っていません」

「お金？」

「人間の世界は何事もお金がないと始まらないのだと、聞いたことがあります。お金があれば不倶戴天《ふぐたいてん》の敵にも愛想をよくし、お金がなくなれば千年の恋も冷めてしまう、と」

ずいぶん難しい言葉を知っているなという思いと、河童にまで人間世界のしがらみめいたものが知れ渡っているのかと、苦笑いがこみあげてくる。

いささか極端ではあるが、訂正はしなかった。

人間社会は金がついて回るのは事実だ。河童の世界からすれば、バッグがいま言ったように見えるのだろう。いや、「見える」ではなく、「そのとおり」かもしれない。ない袖《そで》は振れないが、持っている者はときに持っていない者の顔をその袖でなぶる。金がなくなって困窮《こんきゅう》すれば犯罪に走る者もいるし、一家離散の憂《う》き目《め》に遭う者もいる。

金と利益の計算というエゴイズムが人間社会にはいつもついて回るのだ。

「河童の世界では金は使わないのか」

「お金はあります。人間世界の真似をしてお金がけんかを回るようになっちゃって。ずいぶん人心が荒廃したと、年寄りたちは嘆いています」

たぶん「金は天下の回りもの」の言い間違えではないだろうか。

それにしても、なんだそれは。

もっと知りたい――。

「やっぱり、きみはここにいるといい」

「え？」

龍之介はバッグの両肩に手を置いた。子供そのものの華奢《きやしや》な肩だ。

「しばらくここで面倒は見てあげよう。その代わり、話を聞かせてくれ。河童の世界の話や、きみが知っている他の怪異の話。それを僕は小説に書く」

「ぼく、あんまりものを知らないのですけど」

「大丈夫だ」

バッグのものの感じ方、見方、それだけでも十分、好奇心をそそられる。

「話をするだけでいいなら……ぼくもうれしいです。ぼく、昔からずっと人間の世の中を見てみたいって思ってたんです」

だから、どうやって来たかもわからず、帰り方もわからないのに、どこか飄々《ひょうひょう》としているのだろうか。それとも、飄々としているのが河童の特徴なのだろうか。五歳にして飄々としているのも奇異ではあるが。

そのへんは、おいおい聞いていこう。

「じゃあ、商談成立だな」

「――お金ないですよ」

ほんとうに物知りだ。

「この場合の〝商談〟は、もののたとえだよ」

龍之介が苦笑すると、バッグが盛大にくしゃみをした。

下から「あらやだ。龍之介、風邪かしら」という声が聞こえる。

「河童も雨に濡れたら風邪を引くのか」

「雨に濡れても大丈夫ですが、風邪は引きます。でも、これは風邪ではないです」

とバッグが洟《はな》をすすった。よかったと思ったが、下から「ご飯ですよ」と声が来た。

ご飯と聞いて、バッグの腹が鳴った。

「腹が減ったのか。なにを食べるのだ。やっぱり、きうり（きゅうり）が好きなのか」

「人間が食べるものはだいたい食べられます。きうりは大好物です」

龍之介は下に降りた。両親と同居の伯母がいる。すでに朝のお膳ができていて、みなが食べはじめようとしていた。母が「風邪かい」と心配してくれた。

「少しそんな感じです。夕べ遅くまで本を読んでそのまま寝てしまったので。なので、ご飯は自分の部屋で食べます」

龍之介はわざと咳をしてみせた。女中がお膳を持つと言ったが、龍之介は自分でやると断った。女中に持ってきてもらっては、バッグの存在がバレる。お膳を持った龍之介は背を丸めて自室に戻った。部屋では、手ぬぐいを頭にかぶったバッグが待っている。

「さあ朝飯を持ってきたぞ」と龍之介が言うと、バッグがうれしそうにした。うまく器《うつわ》を棲み分けて、ふたりぶんの朝飯にする。飯は多めによそってきたが、箸《はし》は一膳《いちぜん》しか持ってきていなかった。ちょうど、夜食の箸があったので龍之介はそれを使う。

炊きたての飯はあたたかく湯気が立っていた。母が出汁をしっかりとった味噌汁は、江戸前らしく味噌が濃いめなのに、角が丸い。具はねぎだった。浅蜊《あさり》や小魚の佃煮《つくだに》は甘く、バッグは「こんな魚、食べたことがないです」と目を丸くしている。佃煮だけではない。人間の飯が舌に合ったのか、バッグは無心に食べた。

飯はあっという間にふたりの腹に収まった。

「バッグ、うまそうに食べたな」

「とってもおいしかったです。ありがとうございました」

正座してちょこんと頭を下げるバッグが、なんとも愛らしい。

「僕はいままでいろいろな本を読んできて、そのなかで自分なりに怪異とはいかなるものかと頭に思い浮かべていたが、実際に会ってみると案外親しみやすいのだね」

けれども、バッグは大慌《おおあわ》てで首を横に振った。

「そんなことないです。怪異にはそれはそれは恐ろしい連中がすごくいます」

「こちらの世界だって、危険な生き物はいっぱいいるよ。熊《くま》とか蛇《へび》とか。ところで、河童同士で争い事とか戦いみたいなことはないのか」

「ないです。獺《かわうそ》との戦いはありますけど」と、バッグは眉をひそめて、「あのぉ。人間は人間同士で殺し合いをするというのはほんとうなの？」

「ああ、ほんとうのことだよ」

日本も先頃、日清《にっしん》戦争と日露《にちろ》戦争という大きな戦争を繰り広げたばかりだし、もう少しまえなら戊辰《ぼしん》戦争があり、さらにまえは関ヶ原《せきがはら》の合戦《かっせん》があって、そのまえには文字どおりの戦国時代があったのだ。

これでは怪異と人間のどちらが恐ろしいか、わかったものではない。

もともと龍之介は怪異に対して好奇心を抱いていた。

河童のバッグの話を聞いていると、ますます知りたいことが増えていく。

「僕はね、『遠野物語』にいたく惹かれたのさ。ここにはきみたち河童のことだけではなく、さまざまな怪異が書かれている」

龍之介がかいつまんで内容を説明してやると、バッグは至極当然という顔でうなずいた。

「それ、ぜんぶほんとのことばかりですね」

龍之介はうれしくなった。

「そうなのか⁉　それはすばらしい。『遠野物語』に触発されて、僕なりに怪異話を集めたんだ。知り合いにそういう神秘的な話を知っていたらなんでもいいから教えてくれと頼んだり、図書館で怪異とか天狗とか妖魅とかのことを調べたりしてね。それをまとめて、『椒図志異《しょうずしい》』と名づけてみたんだ」

龍之介は本棚から「椒図志異」と書かれたノートを取り出して、バッグに見せた。バッグには人間の文字が読めないのだと思い出して、適当に読み上げたり、怪異の絵を描いたところを開いたりした。

「あ、それ、山に出るやつだ。そっちの天狗はおじいちゃんから聞いたのにそっくり」

「こんな怪異がいるのではないかと、自分でも想像で図を描いてみたのだけど」

バッグが小さくなった。

「怖い絵ですね。こんな怪異は、ぼくは見たことないです」

龍之介は内心、落胆した。自分なりにインスピレーションを得て描いていたつもりだったのだが。

「まあ、僕が勝手に空想した怪異だからなあ」

「あ、でも、このへんのは地獄の餓鬼《がき》や鬼とかにいそうかも。あと、そちらの絵はうっすらと話で聞いた怪異に似ているような」

龍之介は自らの描いたノートをまじまじと見つめた。

「そうか。餓鬼や鬼はいるのか」

餓鬼とは、仏教の六道輪廻《ろくどうりんね》のなかの餓鬼道に堕《お》ちた亡者《もうじゃ》である。生前に飢《う》え死にした者がその苦しみゆえに餓鬼道に堕ちるといわれている。お腹だけがぽっこり出て、あとはがりがりに痩《や》せ、髪も満足に生えていない姿になるという。龍之介のデッサンもそのようになっていた。

餓鬼どもは常に飢え渇《かわ》き、食べ物を求めてさまよう。食べ物はほとんど見つからず、たまに見つかった食べ物も粗末なものだが量がないため、すぐに争いが起こる。殴り合い、蹴飛ばし合い、食べ物を奪い合うのだ。

食べ物をやっと手に入れた餓鬼は喜ぶ。これで空腹が満たされる。そう思って口に入れようとした途端、食べ物はいきなり炎となって燃え上がり、食べることができない。また餓鬼たちはさまよい始める。争い、食べ物を手に入れては食べられないことを延々と繰り返す。

ときには夢のようなご馳走に招待されることもある。だが、そのご馳走を食べるには二メートルもあるような長い箸を渡されて、それでなければ食べてはならないと命じられるそうだ。結局、ご馳走はひとくちも食べられずに取り上げられ、また餓鬼道をさまようことになる……。

地獄だ。ゆえに、餓鬼道はときに餓鬼地獄とも呼ばれる。

最初聞いたときには、「生前に飢えて苦しんだ者に、さらに罰を与えるのか」と思ったのだが、餓鬼道に堕ちるのは飢え死にした者だけではないらしい。生前、ありあまるほどの財を持っていても、御仏《みほとけ》への寄進や貧しい人への施しを拒んだり、自分の財欲や物欲を満たすために他人を蹴落として自分だけがうまい汁にあずかろうとしたりした者たちも、この餓鬼道に堕ちるというのだ。

生前の物質的な貧富の差ではなく、富んでいようが貧しかろうが、心のなかで他人に分け与える気持ちがなかった者——そんなエゴイストたちが死んで堕ちる地獄らしい。

その餓鬼が実在するのか……。

さらにバッグに話を聞こうとしたときだった。

「おおい。芥川《あくたがわ》、いるか」と外から声がした。

窓を開けて見下ろせば、親友の久米正雄《くめまさお》がぬかるんだ道から見上げている。

雨はあがっていた。

「やあ、久米」

と龍之介が笑顔を見せると、久米もにっこり笑った。誠実そうなよい笑顔だ。久米とは第一高等学校、いわゆる一高からの同級生で、同じ東京帝国大学英文学科だった。上州《じょうしゅう》生まれだが、ある学校の校長だった父親が、校舎の火事の際に明治天皇の御真影《ごしんえい》を焼いてしまった責任をとって割腹自殺をしてからは、母方の福島県《ふくしまけん》で育ったという。そういう父親を持ったせいか、久米は真面目な男だった。龍之介とは文学仲間で、ともに同人誌に寄稿しているが、久米の書いたものは高尚ななかに一種複雑な妙味のようなものがあって、久米の繊細な性格の片鱗を見るようだった。

「今日は英文学の授業があるから、どうせきみはサボタージュを決め込むものだと思って、こっちに来てみた」

そう言う久米の言葉には、うっすらと訛《なま》りがあった。

「きみもサボタージュか」

「芥川のいない授業はつまらん。上がっていいか。最中《もなか》を持ってきた」

甘いものは大好きだ。親友らしい気安さとあたたかさに、龍之介はすぐに応じようとして、いろいろなことに気づいた。

「あー、実は今日、僕は少し風邪気味で」

「それはいけないな。葛湯《くずゆ》でも持ってこようか」

「いや、それには及ばない」

「では出直そうか」と久米が言う。

本来ならここで帰ってもらうべきだったのかもしれない。龍之介はちらりと横を見た。手ぬぐいを被ったバッグが、きょとんとしている。この子をどうしようか。久米とのおしゃべりが失われるのは惜しい。最中も惜しい。

「大丈夫だ。朝飯を食ったらだいぶによくなった」

「大丈夫なのか」

「いま部屋を片づけるから、暫時《ざんじ》待ってくれ」

窓から首を引っ込めて、龍之介はバッグを見た。

「あのぉ。ぼくはどこかに隠れたほうがいいでしょうか」

とバッグ。気を遣っているようだが、ここで隠れさせるのは下策《げさく》だ。以後も隠れ続けなければいけない。

「きみは人に暗示をかけたり幻術でごまかしたりはできるのか」

「幻術……？」とバッグが小首をかしげている。ダメらしい。

「じゃあ、しかたがないな」

龍之介は部屋のなかをぐるりと見回した。一高時代の学帽が目に入った。

とにもかくにも、今日の大学は自主休講である。

二

久米が入ってきた。部屋に入った久米は、珍客の姿にぎょっとなっている。

「びっくりした。芥川、この子は……？」

と、かすりの着物に一高の学帽をかぶったバッグが正座してにこにこしていた。

「こんにちは」とバッグが礼儀正しく挨拶《あいさつ》すると、久米も「こんにちは」と返す。いい奴なのだ。

「急な話なのだが、知り合いの子を預かることになってね」

と龍之介は言ってみた。嘘《うそ》をつくのは苦手だが、小説を書いていると思うことにした。

久米は胡乱《うろん》げにバッグを見つめている。

それはそうだろう。

互いの交友関係も親戚関係も知り尽くしている友人同士だ。どこにこんな年齢の子供がいただろうかと疑っているに違いない――と思っていたのだが、久米は妙なことを言った。

「芥川……お稚児《ちご》さんを好むのか？」

「は？」変な声が出た。

「いや、ほら、例の件があってきみがひどく傷心したのは知っているし、力になりたいとも思っているが、お稚児さんに走るのはどうだろうか」

龍之介は激した。「違うっ」

「違うのか？」

「違う。断じて違う」

バッグが不思議そうに龍之介を見たり、久米を見たりしている。

「違うならいいが。まあ、一高に入ったときも、先輩一同満場一致で新入生でもっともかわいらしい男は芥川龍之介だと決まったこともあったから」

「妙な過去を思い出させないでくれ」

とうとうバッグが龍之介の着物の袖を引っ張った。

「あのぉ。昔なにかあったの？」

久米が微妙な表情になる。たぶん龍之介も同じ顔をしていただろう。

だが、自分から言ってしまったほうがいい。

「恋に破れたのさ」

「こい……」バッグがきょとんとする。きょとんとしながらも、唇を引き結んで小さくうなずいた。意味はわからないのだろうが、深刻そうだとはわかったらしい。なんというか、利発な子だと思う。

龍之介はもう少し嚙《か》み砕いた。「好きだった人がお嫁に行ってしまったのさ」

バッグが合点がいったというような顔になる。その向こうでは久米が苦笑とも悲しみともとれぬ表情になっていた。

「それは、悲しかったですね」

「まあな」

バッグの言葉に、龍之介は微苦笑を浮かべる。

相手は吉田弥生《よしだやよい》という。幼なじみだった。だが、芥川家は武家の家系であり、そうではない吉田弥生とは釣り合わないと家の者たちに反対され、断念した。

すでに彼女は他家に嫁いでいる。

まあな、では済まないほどに龍之介は荒れた。自分の初恋を邪魔する家の者たちの体面や屁理屈も、それに屈してしまった自分もエゴイズムの塊《かたまり》だと思った。

吉原《よしわら》通いをして官能に身を委ねてみたが、いっこうに気持ちは癒えず、家の者たちへの間接的な反抗に留まっただけだった。

その龍之介を案じて、久米はかなり頻繁《ひんぱん》にこの家に顔を出してくれるようになったのである。ただ顔を出すだけではなく、いままで通り文学の話をし、本の話をしてくれた。

この部屋にある本――それこそ仏典や『聖書』に到るまで――再読し、久米と語らい、龍之介は失恋の痛手から甦《よみがえ》りつつあった。

いや、甦った、と示すためにバッグに自分から話をしたのである。

まだ、かすかに胸が痛んだ。

やや頬が引きつるのを久米は見逃してくれただろうか。

「それにしても、そうか、知り合いの子を預かることになったのか。そりゃあ、たいへんだな」

と久米が受け入れてくれた。話題を変えてくれたのだろう。最中の数は足りるだろうかと久米が心配しはじめていた。いい奴なのだ。先ほどまでとは違う意味で、若干心が痛い。

久米の視線が、バッグの学帽に注がれている。

「似合うだろう?」と龍之介。

「これ、一高の学帽だろ?」

「なんだかいろいろ気に病《や》むことがあるみたいで、この年で頭にハゲができてしまったらしい。まあ、それで僕のところでゆっくりしてこいということになったのだけど。そのハゲを隠したいということで、僕が一高の頃にかぶっていた学帽を貸したのさ」

頭にハゲ、のところでバッグがぎょっと龍之介を見上げたが、龍之介はしゃあしゃあと続けた。室内でもずっと帽子をかぶっていたら、久米だってどこかであやしいと思う。そのときに、帽子を取られまいと必死になればますますあやしい。けれども、頭のハゲを隠したいのだと最初に言ってしまえば、なかなかそれ以上踏み込めないものだ。

嘘をつくときには真実を交ぜること。どこかの本で読んだことを実践したまでだった。

待っててくれ、と言って、龍之介は下に茶をもらいに降りた。

女中や母に「知り合いの子を預かる話が出てきて」とさらりと話してしまう。久米が遊びに来るのはしょっちゅうだったから、彼女たちは勝手に久米の縁者かなにかだろうと思ってくれたようだ。頭の学帽のことを話すついでに、「いろいろかわいそうな境遇のようだ」とつけくわえれば、「できることはしてあげましょう」と母はすっかり同情していた。

その場にいた伯母は龍之介の風邪を心配した。龍之介の身体も心配だが、その〝預かった子〟に風邪をうつしてはいけないと考えたようである。

「いきなり子供を預かることになって、びっくりして風邪もどこかへ行ってしまいましたよ」と龍之介が言うと、伯母と母はからからと笑った。

このあたりにはまだ残っている昔ながらの江戸の下町気質《かたぎ》と、芸術を愛する繊細な彼女たちの感覚がそうさせているのだと思った。

文学や書や絵などの芸術を愛するこの傾向は、父もそうだった。芥川家の家風のようなものだ。だからこそ、龍之介が帝大英文学科へ進みたいと言ったときに、すんなりと許可してくれたのだろう。

茶の支度をして上に戻ると、久米とバッグが無言で座っていた。あまり目を合わせることもない。まるでお見合いのようだった。

久米はいい奴ではあるが、子供の扱いになれているわけでもない。

バッグはバッグで下手に話して、河童だとバレたら事である。

要するに互いに人見知りをしているのだ。

だから、龍之介が戻ってきたら、ぱっと笑顔になった。

「やあ、すまないね」

「わあ、いいにおい」

龍之介が「茶のにおいが好きか」とバッグに尋ねた。バッグは「好きです」とだけ答えた。河童は茶のにおいを好むのかという一般論を尋ねたのだが、バッグの答えではどちらなのかわからない。けれども、久米の面前でこれ以上は聞けない……。

「だったらこの最中も好きなはずだ。昨日の夕方に買っておいた。うまいぞ。あー……」

と言った久米が、バッグを指して龍之介に問うた。「名前はなんというのだ?」

「あー……太郎だ」

「太郎?」と久米が聞き返し、バッグが怪訝《けげん》な顔をした。

そんな顔でこちらを見るな。名前はたしかに考えていなかった。

「太郎なのだが、バッグと呼んでやってくれ」

「バッグ?」久米が繰り返す。バッグがぱっと明るくなった。

「あだ名だな。両親や友達からもそう呼ばれているから、太郎と呼ばれるよりしっくりくるらしい」

「そうか。……じゃあ、バッグくん。最中を食べたまえ。龍之介も食べるだろ」

「無論だ」

龍之介はきつね色の皮の最中を手に取った。触った感触は軽いのに、ずしりと重い。こしあんを惜しみなく入れているからだ。ひとくち。ぱさりとした食感の皮の向こうに甘い餡《あん》がいる。よく練られてこってりした舌触りの餡が甘い。甘いがすっきりしていて品があった。最中の皮が少し唇にこびりつくのも悪くない。

一晩たった最中なので、皮が少ししっとりして餡になじんでいる。久米の好みだった。

龍之介の好みは、できたての最中の、ぱりっとした皮に歯を立てて、多少皮の食べ屑《くず》が散って困るくらいのものである。けれども、この最中はふたりの好みのちょうど中間あたりにあって、久米も龍之介も言うことはなかった。

バッグがひとくち食べてそのおいしさにびっくりしたのか、ふたくちめからはちびちび食べている。

「気に入ったなら、どんどん食べるといい。僕のぶんもあげるから」

と龍之介が渋めの茶をすすった。

「珍しいな。芥川が甘いものを他人に譲るなんて」

「人聞きの悪いことを言うな」

「ははは。冗談さ。うん。相変わらずここの最中はうまい。うまいが気心の知れた友と食べるといっそううまい」

「まったくだ」と龍之介が言うあいだに、バッグがふたつめにとりかかる。

久米が指についた最中の皮を舐《な》めとりながら言った。

「実はな、今日はおもしろい話を持ってきた」

「どうした。英文学科の教師が替わったか」

「そうではない。だが、それ以上にきみは気に入るはずだ」

「ほう？」と促すと、久米は龍之介を覗き込むようにする。

「錦糸町《きんしちょう》のお堀に——出たんだってさ」

龍之介はとろうとしていた最中から手を引っ込めた。

「それは『置いてき堀』のことか」

龍之介が聞き返すと、久米はうなずき返す。

久米のその表情が河童のように見えた。

三

徳川《とくがわ》時代から江戸には「本所七不思議」なるものがあった。

本所は東京の下町であり、両国《りょうごく》・錦糸町・駒形《こまがた》・業平《なりひら》一帯を含んでいる。

その地にまつわる七つの怪異で、七不思議という。

すなわち、片葉の芦《あし》、置いてけ堀、埋蔵の溝、足洗い屋舗《やしき》、送り提灯《ちょうちん》、赤豆婆《あずきばばあ》、あかりなしの蕎麦《そば》屋があげられる。

ところが、それ以外にも馬鹿囃子《ばかばやし》、三つ目橋の火、姥《うば》の足跡、姥が蔵、なかぬ茅蜩《ひぐらし》といった怪異があり、こちらを七不思議に加えたりする。

あるいは、落ち葉せぬ椎《しい》、津軽《つがる》の太鼓《たいこ》、入江町《いりえちょう》の時無し、割下水《わりげすい》のほいかご、梅村邸《うめむらてい》の井戸、駒止石《こまどめいし》、亀戸《かめいど》の逆さ竹、幽霊橋の下駄《げた》の音、吉良邸址《きらていあと》の怪《かい》を含むという説もある。

ぜんぜん七つではない。

人によってなにを怪異とするかが違うからだともいわれるが、龍之介には七つではないところが逆に信憑性《しんぴょうせい》があると思っていた。

本所だけではなく、千住《せんじゅ》、馬喰町《ばくろちょう》、麻布《あざぶ》などにも七不思議がある。

久米が言ったのは「本所七不思議」で、もっとも有名な――七つのなかに必ず勘定される「置いてけ堀」である。

「芥川はあいかわらず『置いてけ堀』ではなく、『置いてき堀』と言うのだな」

「また言い間違えたか。でも、『置いてき堀』のほうが、怪異に脅されて置いていかれた魚の恐怖と悲哀があっていいではないか」

龍之介はあらためて二個目の最中にとりかかる。

「きみは『老年《ろうねん》』という短編を『新思潮《しんしちょう》』に発表しただろ?」

「ああ。けれども、反響はいまいちだった」

自分としては考えに考えた力作だったのだが。

吉原通いですれた自分の心を投影した老人では、受けがよくなかったようだ。

「気に病むなよ。僕はよかったと思っているぜ? 燕雀《えんじゃく》いずくんぞ鴻鵠《こうこく》の志《こころざし》を知らんや、さ。つまらぬ下馬評など無視をして堂々としていればいいではないか」

「そういうきみだって、自分の作品の評判は気になるだろう」

「それはそうさ。僕はきみほど才能を持っていないからな」

と久米が苦笑する。龍之介こそ苦笑したいところだった。龍之介から見れば、変幻自在《へんげんじざい》にいろいろな事物を書けそうな久米の柔軟さは、まことにうらやましいかぎりなのだ。

「僕にきみの半分でいいから文才があればと、僕はよく思うよ」

「いや、僕が読むに、きみの作品はきっともっとよくなるだろう。けれども、まったく何もないところから創るのはやはり難しい。『遠野物語』が好きだと言っていたよな」

「ああ。夕べも読んでいた」と文机の『遠野物語』を顎で指し示す。

あまり大きな声では言えないが、恋という極めてこの世的な出来事に破れ、吉原の官能にも救われなかった龍之介は、この世を超えたところに救いを求めた。

文学、美、芸術、真と善と美と聖であり、怪異であり、神や仏だった。

だから、聖書仏典と『遠野物語』は、自分のなかで奇妙な融合をしながら欠けてはならないものになりつつあったのである。

久米は『遠野物語』を手に取ってぱらぱらやりながら、

「きみは古典とか古い習俗とか、そういうのを題材にとったらきっとうまくいくのではないかと思ってね。それで『置いてけ堀』というわけさ」

龍之介は二個目の最中をのみ込んだ。

久米は自分の創作のためにこの話を持ってきてくれたらしい。

たしかに惹かれる。もっと知りたい。

「あのぉ。『置いてけ堀』とか『置いてき堀』とかって、なんのことですか」

とバッグが尋ねると、茶をすすった久米が両手を胸のまえにだらりと垂らして、うらめしげな表情を作ってみせた。

「錦糸町のお堀で釣りをしていて夜になるとな、水のなかから聞こえてくるんだよ。こわーい声で。『置いてけ……置いてけ……釣った魚を置いてけ』って。釣り人が怖くなって魚を一匹堀に返す。でも声は終わらない。『置いてけ……置いてけ……』って」

バッグが真っ青な顔になってぶるぶる震えだす。

「わあぁぁ……」とバッグが力なく声を漏らして、龍之介の背後に隠れる。

「おい、久米。あまり子供を脅かすもんじゃない」

けれども、久米はおもしろがっている。

「それだけじゃないんだぞ。魚をぜんぶ返しても声は収まらないんだ。とうとう釣り人が逃げ出すと――堀のなかからそいつが飛び上がってくる!!」

「ぎゃあああああ」

とバッグが大きな悲鳴をあげた。龍之介の背中にしがみつく。飛び上がらんばかりに驚いているのはいいのだが、学帽が飛んでいってしまいそうだ。

だが、久米を諌《いさ》めるよりも、龍之介には気になるところがあった。

「ちょっと待ってくれ。僕の知っている『置いてき堀』は『置いてけ』と言われて魚を堀に返して釣り人は逃げ帰る——それでおしまいだ。返す魚がなくなったあとに、なにかが飛び出してくるなんて聞いたことがないぞ」

「それなのだよ、芥川。けど、一昨日の夜、そういう事件が起きたのだそうだ。それも一高の後輩がそんな目に遭ったというのだよ」

「誰かのいたずらではないのだな？」

「無論。一高の名誉に賭けて、いたずらや嘘ではないそうだ」

まずい。もっと知りたい。

その思いが顔に出ていたのか、久米が龍之介の顔を見てにやにやしている。

「気になるだろう？」

「気になるな」

すでに錦糸町のお堀へ行くつもりになっている。

「これからさっそく行くかね？」

「悪くないな」とうなずいたあと、龍之介は冷めた茶をあおった。

四

そんなわけで、龍之介は久米と連れだって錦糸町のお堀で釣り糸を垂れることになった。

雨が上がって、天気がよい。

堀は少し濁っていた。久米は「こういうときのほうが大物が釣れるのだ」と言って張り切っている。もしかして、久米は釣りのほうを楽しんでいるのだろうか。けれども、久米の竿はぴくりとも動かない。

その横で、「あ、釣れた」とバッグが歓声をあげていた。すでに三度。なかなか大物の鯉を釣っている。釣りは初めてだと言っていたが、上手なものだ。河童ならではの、魚を呼び寄せる力でもあるのだろうか。知りたい。

バッグほどではないが、龍之介も釣れていた。

「ふたりとも釣ってるなぁ」と久米がうらやましげにこちらを見る。

「どういうわけか、釣れたな」

と龍之介が、釣った鮒《ふな》を見ながら答えた。煮つけにしたらうまそうだ。

「バッグくんもよく釣れている。初心者だというのに」

「初めてでうまくいくこともある」

「僕は釣りたいという邪心《じゃしん》が強いのかな」

「それもエゴイズムだよ」

「そうかもしれんな」

龍之介は釣りをあまりしないが、いざ糸を垂らすと往来の賑わいも耳に入らなくなって心地がいいものだ。

久米が不意に立ち上がった。「ご不浄《ふじょう》だ」と言って、小走りに向こうへ行ってしまう。

そのあいだに、龍之介はバッグにもっとも気になっていたことを聞いてみた。

「久米が『置いてき堀』の話をやったとき、ずいぶん怖がっていたけど、河童なのにそういう話は怖いのかい」

河童、と言うときは声を潜め、まわりを確認した。

浮きを見つめていたバッグが、龍之介に視線を転じる。

「うん。ぼく、お化けじゃないもん」

「僕ら人間から見れば、河童も七不思議も怪異には違いないのだが」

「人間だって、やさしい女の人もいれば、ごろつきみたいに怖い人もいるでしょ？」

「……ごろつき、なんてよく知っていたな」

「あと、身体の大きな外国人とかだと、もっと怖かったりするのではないですか」

龍之介は唸った。

「ううむ。たしかに道理だな」

「河童だって怖いものは怖いです」

バッグの竿の浮きが動いている。手洗いから戻ってきた久米が「引いてるぞ」と教えてやると、バッグは慌てて竿を立てた。

陽がゆっくりと西のほうに沈もうとしている。

「もうすぐ日が暮れるな」と龍之介。声に喜色が混じった。

「なあ、芥川。ほんとのところどうなんだろうな。出るのかな」と久米が話しかけてきた。

「なんだい。きみが持ってきた話ではないか」

「そうだけれども、半信半疑ではある。見たことがないのだから」

するど、龍之介はいたずら小僧のように笑った。

「あはは。自分で見ないと信じないなら、僕は英吉利《エゲレス》（イギリス）や米利堅《メリケン》（アメリカ）という国土を信じられないことになる」

「そう言われると僕も同じだ」

「見たことがないから、信じるのさ」

と龍之介が言うと、久米は小さく肩をすくめた。

「京大に行った菊原薫《きくはらかおる》だったら、『そんなものは非科学的だ』とか言いそうだな」

菊原薫という男は、久米と龍之介の一高時代からの友人のひとりだ。

「いや、わからんよ。興味はあるかもしれない」

「いまはもう大正《たいしょう》の世。『おいてけ堀の名を空《むな》しく留《とど》むるのみ。概していはゞ怪物話《かいぶつばなし》は日を追うて廃れぬ』だ、くらいは菊原は言いそうだな」

龍之介は皮肉げな笑みを返した。久米が引用したのは明治末期に平出鏗二郎《ひらでこうじろう》が書いた『東京風俗志《とうきょうふうぞくし》』なるものの一節だった。

開国し、明治となって西洋諸国との交流が始まり、西洋に追いつけ追い越せの活動が巻き起こった。このとき、明治政府が気にしたのは日本古来の風俗が西洋から見て、奇異に映るかどうかだった。

その背景には、無知ゆえに押しつけられた不平等条約を解消したいという願いもあるし、阿片《アヘン》戦争で欧米列強の喰いものにされた清国《しんこく》の二の舞になりたくないという思いもあった。さらにいえば、欧米のように世界に進出したいという、小さな島国にしては分不相応な願いを持っている。

おかげで、いろいろなものがやり玉にあがった。

四民は平等となって、みなが武士のように名字を持った。ちょんまげが切られた。武士の刀がなくなった。西洋にならって基督教《キリストきょう》を国教とまではしなかったが、国教として「天皇」を担ぎ出し、廃仏毀釈《はいぶつきしゃく》で寺を迫害した。

その流れのなかで、昔ながらの怪異譚をも否定するようになってきたのである。

本所七不思議も迷信だと排除するのが「近代化」だと思われているのか。

それは人間性の自殺ではないかと龍之介は思っていた。

本所の菓子屋には「七不思議せんべい」なるものを売っているところもあるそうだ。

七不思議がそれだけ身近なものなのか、忘れないためなのか、せんべいにしても怖くないという侮《あなど》る気持ちがあるのか……。

菊原は七不思議をおもしろがるかもしれないし、迷信で近代化の敵だと言うかもしれない。たぶん両方あるだろう。どこか調子がよく、機を見るに敏で、憎めないところがある。とはいえ、それは龍之介が知っている顔であって、裏では結構な遊び好きらしい。

「菊原、悪い遊びを覚えなければいいがな」

と龍之介が釣り竿をはね上げた。餌《えさ》だけとられている。

「難しいかもしれんなぁ」と久米。

久米の浮きが動いた。

結局、日暮れまでに三人はそれなりの釣果《ちょうか》を得た。

「さて。出るかな」と龍之介が釣り道具をしまう。

西の空に赤みがかすかに残っていた。頭上には星がいくつも出てきている。

「あんまり遅くならないうちに出てきてくれると助かるな。僕はともかく、芥川の親御さんはきみが遅くまで帰らないと心配するだろ」

「まあ……」と龍之介が曖昧《あいまい》な答えを返す。

「実の親でないからって、あんまり心配をかけてはいけないぞ」

バッグが不思議そうに龍之介を見ていた。

「……僕の両親はほんとうの両親ではないのさ」

「え？」

「僕を産んだ母が病気になってね。僕を育てるのが難しくなったので、伯母のフキに預けられたのだよ。それももう死んでしまったけどね。いまではフキの兄である道章《どうしょう》の養子になっている」

実母は、どのように呼ぶかは別として精神に異常をきたしていた。そういう病気だった。詳しくは語りたくない。こればかりは久米にも話していない。

バッグが衝撃を受けたようにかたまった。どうした、と龍之介が声をかけるとバッグの幼い頬にぽろぽろと涙が伝う。

「ほんとのお父さんとお母さんと一緒ではないなんて、かわいそう」

とバッグが両手で涙を何度も拭いていた。

龍之介は慌てた。

「なにも泣かなくても。僕の生まれた家は新原《にいはら》という名字で、牛乳屋をやっている。いまでも顔を出すから。それにバッグだってお父さんとお母さんがいないではないか」

バッグは大きく何度も首を横に振った。

「それでもです。お父さんとお母さんがいないのはとってもさみしいです。お父さんにもお母さんにももっと甘えたかったから。——龍之介さんは会えるのに、お父さんとお母さんと会えなかったなんて」

龍之介は思わず久米と顔を見合わせた。

「久米だって、お父さんを亡くしている。悲しいけれども、珍しいことではないから」

「ええっ⁉」とバッグがまた涙をあふれさせた。

　慰めようと思ったのだが、完全に逆効果だったようだ。

　龍之介はしゃがみ込んで、泣いているバッグと目の高さを合わせた。そのあいだもバッグはしくしくと泣いている。龍之介はそのバッグの学帽に、大きな手をのせた。

「バッグ、きみはやさしい子だな。人のために泣いてくれるんだな」

　バッグはしゃくりあげた。

「ぼく、泣くしかできないけど」

　龍之介にも悲しい気持ちがあふれてくる。久しぶりのことだった。

「人のために泣けるのは心がきれいな証拠だ。きっと亡くなったお父さんとお母さんがいい方だったのだろうな。だから、もう泣き止みなさい。そうだ、あめ玉があった」

と龍之介が懐からあめ玉を与えると、バッグは途端に涙をひっこめて、笑顔になった。

「甘くておいしい」

「はは。泣いた烏《からす》がもう笑った」と龍之介が立ち上がった。

　一挙に夜になった。

　周囲には誰もいない。久米が提灯を用意した。

　そのときである。

——おいてけ……おいてけ……。

どこかしらから、低い男の声のようなものが聞こえてきたのだ。

龍之介は、首から頬を越えて頭皮まで鳥肌が立った。

「おい、久米。なにか言ったか」

「それはこっちのせりふだ。芥川、こんなところで冗談はやめたまえ」

久米の声がかすかに震えているように思う。

——おいてけ……おいてけ……。

バッグがかたまっていた。「お堀から、なんか聞こえます」

言われなくてもわかっている。

「これって、アレだよな」

「これが、たぶんアレだな」

龍之介と久米、申し合わせたように声が小さくなった。

バッグが龍之介にしがみつく。

堀から聞こえる声は、先ほどまで釣りをしていたあたりから聞こえた。

——おいてけ……おいてけ……。

低く、しわがれたような男の声。老人のようにも、酒で喉をやられた中年のようにも聞こえる。言葉を発しているから人間の声だと思う。

断じて、風や鳥の声の聞き間違えではない。

これが、「置いてき堀」の声か。

龍之介さん、とバッグが震えだした。

頬の鳥肌は強張るほどにひどいが、変に笑いがこみあげてくる。

これは——もっと知りたいではないか。

「釣った魚を戻せばいいんだよな」

と龍之介は魚籠《びく》に手を突っ込み、魚を堀に放った。

——おいてけ……おいてけ……。

声が続く。一匹、二匹、三匹と魚を堀に戻す。とぽりとぽりと小さな音を立てて、鯉や鮒が堀に帰っていった。釣って少したっていたが、どの魚も堀に戻ると元気に泳いでいく。

とうとうすべての魚が魚籠から消えた。

例の声はまだする。

龍之介は言い返した。「もう僕らの魚籠には魚なんていない。ぜんぶ返したぞ」

声がやんだ。堀の水も動かない。

風が吹いた。生あたたかい風だ。龍之介は口のなかの唾《つば》をのみくだした。

ぽこり。堀の水が音を立てた。ぽこり。ぽこり。堀の水に気泡が浮いてきている。ぽこりぽこりと増えていく。

「おい、芥川」と久米が震える声で呼びかけるのを押さえた。

「しっ。見てみろ。堀の水面がぼこぼこ言いはじめたぞ」

堀の水が泡立っていた。それにつれて音が大きくなり、音が大きくなるほどに気泡も増した。背中に重さを感じるので振り返れば、バッグがしがみついている。

提灯をかざすと、気泡の範囲は一メートルほどにもなったのがわかった。

水が大きな音を立てた。誰かが堀に飛び込んだような音——その逆だ。

なにかが水中から飛び出してきた。

「おいてけぇっ!!」

バッグが甲高《かんだか》く、絹を裂くような悲鳴をあげた。久米も腰を抜かす。

龍之介は久米から提灯をひったくり、目の前に出現したそれに突きつけた。

それは、人のような姿をしていた。背はそれほど高くない。子供か老人くらいだ。細い四肢が水に濡れている。目は鈍い金色に光り、くちばしのような口が突き出していた。その口を大きく開き、両手を高く掲げて襲いかかるようにして威嚇《いかく》している。

だが、なによりも目を引いたのは水浸しになった髪の頭。その頭頂部には髪がなかったのである。

「こいつは、河童か」

龍之介の声を聞いて、バッグが悲鳴を止めた。

「え？　河童？」と龍之介の背中から顔を出すと、「ほんとだ」と言い、蛙《かえる》か鴨《かも》の鳴き声のような声を発した。するとどうだろう。水中から飛び出したそれの動きが止まった。濁った金色の瞳がバッグを凝視する。

それもバッグと同じように蛙か鴨の鳴き声めいた声を発した。

ふたりでやりとりがかんたんに交わされるのだろうか……。

久米が龍之介になにかを言うまえに、それは両手を下ろすと再びこちらを観察するように見つめた。提灯で照らされた顔は、まぎれもなく河童の顔だったが、バッグよりよほど年をとっているようだ。姿形も、がに股で、老人が肩を落としている姿勢に似ていた。

「ふむふむ。おぬしらは、よい人間なのかな」

人間の言葉を語る声も老人のようだった。震えている久米に代わって、龍之介が答える。

「それほど悪人ではないと思う。ところで、おまえは河童か」

すると相手は重々しくうなずいた。

「左様《さよう》。ここからずーっと東のほう、常陸国《ひたちのくに》の川にいる河童じゃ」

「か、河童……。そんなものがほんとうにいるなんて」と久米が呻いている。

老河童は顔をしかめた。「わしらは何百年も生きておる。人間どもが戦《いくさ》をしたり、〝げんごう〟が変わったりしたからといって、わしらがいなくなったりはせん」

「それは……そうか……？」

久米が龍之介に助けを求めるようにする。

バッグと久米に両方からしがみつかれながら、龍之介が尋ねた。

「それで、どういうわけでここで人間を脅かしていたんだ？」

するとと、老河童が怒気をにじませ、

「人間に謙虚《けんきょ》さを教えてやってたのじゃよ。わしらと人間はこの自然のなかで仲良く暮らしてきた。人間の暮らしがよくなっていくのはいい。けれども、人間がなにを決めたからといって、営々と存在しておったわしらが突然いなくなることはないじゃろうが」

「それで、自分たちの存在を忘れるなと、ここで『置いてき堀』をやっていた、と？」

「そういうことじゃ。背の高い奴、おぬしは少しはわかっているみたいじゃな」

背の高い奴、とは龍之介である。

老河童の言うことはもっともだった。

彼らは——遭遇するのは初めてだとしても——こうしてたしかに存在する。ものの本によれば、水のきれいな川のあたりに古くから生きていた。人間たちが自分たちの都合で戦争をしたり、政治の仕組みが変わったり、地名が変わったり、廃藩置県《はいはんちけん》がなされたりしても、彼らには関係ない。

関係ない以上、いくら新政府が「七不思議などの怪異は迷信である」と言おうが、科学的に説明できないから妄想だと言おうが、彼らは存在しつづけている。

「ある」ものは「ある」のだ。

ましてや、自分が見たことがないから信じられないというのは傲慢《ごうまん》だ。

「つまり、こういうことか。人間と怪異を、たとえれば近所に住んでいるとしたら、人間の家が急に隣に怪異の家なんてないのだ、と言いはじめたことに腹を立てておられる、と」

誰だって、隣から急に「おたくの家はないんだ」などと言われ、そのように扱われたら頭に来るだろう。ましてや、家のなかにどんな人間が住んでいるか、どんな生活があるのか、知りもしないくせに「隣はいない」と言い張る者がいれば、その者のほうが社会秩序の敵とも見えるだろう……。

「昔はほんとうにただのいたずらだったのじゃがな。ただ、視《み》えない連中が多くなったので、多少の怒りを込めてこのように出てきてやっているのじゃ」

と老河童が学者のように断言した。

実におもしろい。もっと知りたい――。

「われわれがあなたたちを見ることができるかどうかは、そちらにかかっているのですか。だったら、いつでも見られるようにしてくれればいいではないですか」

と龍之介が問うた。老河童は髭をしごいた。

「しょっちゅう見えたら不思議ではなくなるだろうが」

「まあ……」

「けれども、わしらのことを信じてくれている人間のところには、出やすいな」

「逆に言うと信じてない人のところには出にくい、と」

「なんて天《あま》の邪鬼《じゃく》な」と言ったのは久米だった。「信じてない人だって、こうして目に見ることができれば信じられるだろうに」

久米の言うことはもっともだったが、老河童のほうが正しいように龍之介は思った。龍之介はすでに聖書を読んでいる。西洋思想の神髄《しんずい》にあるイエス・キリストの教えは、「求めよ、さらば与えられん」と教える。

神を信じて求めるから、神の栄光が身に臨《のぞ》むのだという。

また、神を知らんとすれば信仰を拠りどころとせよと教える。知ってから信じるのではない。信じるから知ることができるのだというのだ。

つまり、目を閉ざしているのは人間の側なのである。

釈迦大如来《しゃかだいにょらい》の教説でも、人間が悟れないのは真理に目が開けていないからだとされ、これを無明《むみょう》——灯りがない暗闇の状態だと説く。

釈迦大如来と基督教の教えが同じことをいっているのだから、そういうことなのだろう。

聖書ではこう説かれる。「心清き者は幸いである。あなた方は神を見るであろう」と。

心清き者とは、純真無垢《むく》な子供のような素直な心の持ち主なのだろう。

そういう心を持っていれば、河童やその他の怪異がいることを信じるのはたやすい。

「なぜそうなっとるかは、わしは知らん。お釈迦さまにでも聞いてくれ」

「お釈迦さまはわかるのか」

「お釈迦さまは、この世もあの世もすべてを教えて統《す》べておられる偉い方じゃ」

ちょうどいまお釈迦さまのことを考えていた龍之介は、愉快な気持ちがした。

「それで河童のおじいさん。せっかくこうして話ができたのです。なにか僕たちに言っておきたいことはありますか」

と龍之介が言うと、老河童は笑った。

「かかか。おもしろいことを聞く男じゃな。名はなんという?」

「芥川龍之介です」

「ふむ。芥川よ。おぬしは物書きじゃな?」

どきっとした。心の奥底の願望をいきなり言い当てられたのだ。

「小説は書きますが、まだ学生です」

「いや、おぬしは物書き――いや、文豪じゃ。そうなるように生まれてきている」

「はあ……」

「おぬしはこの世とあの世の橋渡しをする話をたくさん書くじゃろう。また、この世とあの世をつなぐものとしての、人の心になんらかの教訓を残すようなものを書くのじゃろう。銭金のためではない。普遍的《ふへんてき》ななにかのために話を書くようじゃな」

「おじいさんは占いでもするのですか」

「そんなものはせんわい。ただ、視えるのよ、おぬしの魂が。老いたりとはいえわしとて河童。この世ならざるもの——おぬしらが言うところの不思議や怪異じゃからな」

「…………」

神秘感に打たれるものの、相手はやはり怪異だ。それを信じていいのか。

「かかか。賢明な男じゃ。ふつうはこんなことを言われたらすぐに舞い上がる。何度も同じことを尋ね、自分が偉大な者だと勘違いしだす」

「僕はまだ何者でもありませんから」

と龍之介が言うと老河童は感心したような声色になった。

「謙虚でよいことだ。まあ、種があっても途中で枯れるか豊かな実りとなるかは、一通りではないからな。そうじゃ、おぬしが無事に物書きとなったら、いつかわしらのことを書いてくれ。せっかく小僧の面倒を見てくれているんだしな」

「書くとは、河童のことをですか」

口にして、龍之介は「おもしろそうだ」とさっそく気持ちが動いていた。

「人間どもが版図《はんと》を広げていけば、やがてわしらの住み処はそれどころでなくなるかもしれぬ。しかし、人間たちのなかに『神秘を尊ぶ心』があるあいだ、わしらは人の目に見えなくとも、この世にいられる。それがまったく失われたら、わしらはあの世に還《かえ》ってしまって、そこだけにいるようになるだろうよ」

龍之介は老河童の言葉に、「肝試し」的な意味での怪異体験を超えたものを直感した。ほとんど目に見えずとも、この世でも怪異は存在している。人間の信じる心が失われたら、彼らはこの世ではなくあの世だけで存在する。ということは、あの世が本拠地といえるのではないか。

言い換えれば、あの世の延長上にこの世があると考えるべきだということだ。人間がどう思うかは別として、世界のあり方、自然のほんとうの姿がそのようなものだとしたら、怪異や不思議を入り口とする神秘の世界との交流ができなくなった人間たちは、はたして世界に存在を許されるのだろうか。

人間は、いや日本人は、維新とか文明開化とかいう美名の陰で、自分の存在根拠を放棄しようとしているのではないか――。

龍之介はぞわりとする恐怖を感じた。老河童の「おいてけ」という声を聞いたときや、老河童が堀から出現したときの驚きを伴った恐怖よりも、もっと色濃く、重く、苦く、それでいながらぼんやりとして摑みどころのない恐怖だった。

「そうさせないために、河童のおじいさんは『置いてき堀』をしているのですか」

老河童は笑った。

「左様。おぬしらが逃がした魚はすぐに捕らせてもらった。たぶん十日かそこいらは腹が満たされよう。腹が減ったら、またやる。人間は人間を超えた世界を垣間見れるし、わしは飯にありつける。一石二鳥というやつよの。――では、さらばだ」

「あ、待ってくれ」と龍之介は呼び止めた。「ここは河童のおじいさんがやっていたというのはわかったのですが、他の七不思議や幽霊話も、河童がやっているのですか」

だが、老河童の答えは素っ気なかった。

「知らんわい。なにも世の中、河童ばかりではない。他にもいろんな怪異がいる。天狗のように昔から名が知られている奴もおれば、無名の奴もいる。人間が死んであの世に旅立てないでいる幽霊みたいなのもいる。だから、わからん」

「そういう他の怪異たちも、人間の傲慢さを戒めるためにやっているのですか」

「だから知らんと言うに。みんなやりたいことをやっているだけさ。もう帰るぞ」

老河童は返事も待たずに堀へ飛び込んでしまった。

あたりが静まった。

「行ってしまった……」と久米が呆然《ぼうぜん》とつぶやく。

「ああ、一個だけ教えておいてやる」と老河童が顔だけ出し、久米が腰を抜かした。老河童はそれを無視して、「世の中の不思議や怪異には、人間の勘違いや悪気のない嘘も交じっている。だからぜんぶがぜんぶほんとうではない。しかし、ほんとうでないものが入っているからといって、ぜんぶが嘘だと言い切るのは愚かじゃ。ではな」

小さな音を立てて老河童は堀に潜った。

静寂が支配する。今度こそ行ってしまったようだ。

しばらく息を詰めていた龍之介が、息を大きく吐いた。どういうわけか、笑いがこみあげてくる。

「ふふふ。ははは」

「どうしたんだ、芥川」と久米の声が引きつっている。

「すごいぞ。僕たちは『置いてき堀』の正体を突き止めてしまった。しかも河童にまで遭遇してしまった」

腰を抜かしたままの久米を立たせると、久米は荒い息をしていた。

「そんな大声を出すな。さっきの河童が気が変わって、僕たちを襲いに戻ってきたらどうするのだ。あと、『置いてけ堀』な」

「大丈夫だよ」と龍之介はバッグの手を握って意気揚々と歩きだした。「『幽霊の正体見たり枯《か》れ尾花《おばな》』というが、河童だよ、河童」

久米が慌ててついてくる。

「芥川、そいつは『化物の正体見たり枯れ尾花』が正しいのだ。江戸中期の俳人・横井《よこい》也有《やゆう》の作だ」

「そうだったか。でも、どうでもいい。そんな地上の些末事《さまつじ》など、この世を超えた世界と存在があると知ってしまった衝撃に比べれば、なんてことはないさ」

ほんとうはバッグが河童であると知ったときに大喜びしたかったのだが、家の者の目があり、久米の来訪があった。バッグも一応は秘密にしようとしていたから、これまで喜ぶのを我慢していたぶん、爆発したのだ。

歩きながら久米が問うてきた。

「ところで、『おいてけ』の声が聞こえたときに、バッグくんがなにか変な声を出していたようだったが。僕の感じではバッグくんは老河童と話をしているように見えたのだけれども……」

龍之介は久米を振り返った。同じ文学仲間、さすがに「言葉」への勘が鋭い。

「河童の言葉なんてあるかね。第一、あの河童のおじいさんは僕らと同じ言葉をしゃべっていたではないか」

「そうかなぁ……」と久米が納得しないふうに言った。

バッグが、「あのぉ。実は」と口を挟む。まさか自分で正体を明かすつもりだろうか。

「ぼく、死んだおじいちゃんから河童を鎮める音、みたいなのを教えてもらったことがあって」

「……ほう?」久米がバッグを覗き込む。「河童を鎮める音、ねえ……」

久米の声色が疑念に満ちている。

「あのな、久米」と龍之介がどうにかごまかそうとしたときだった。

「ま、熊よけの音とか魔除けの音とか、その手のものはいっぱいあるからな。河童を鎮める音みたいなのがあってもおかしくないか」と、久米が勝手に納得してくれた。

龍之介は冷や汗が出る思いだった。

「なるほど、そういうものがあるのだな」と龍之介もバッグにのってみる。「今度教えてくれたまえ」

「いやいや、芥川。今度などとはきみらしくない。善は急げだ。バッグくん、いま僕たちに教えてくれ」

「おいおい」

「またぞろ河童に出くわして腰を抜かすのは、ごめんだよ」

いまきみの目の前にかわいい河童が一匹いるぞ、とは言えない。

そういうわけで、夜の錦糸町を龍之介たちは河童の言葉を真似て「ぐえぐえ」言いながら帰ったのだった。

五

翌日、大学の授業のあと、龍之介はバッグを連れて浅草《あさくさ》へ行った。

好物の汁粉をバッグにも食べさせてやりたくなったのである。

「僕が大学に行っているあいだ、とてもいい子にしていたと伯母から聞いたけど」

「龍之介さんの部屋で本を読んでました。『少年世界』っておもしろいですね」

どう見ても五歳くらいで字も読めないバッグには『少年世界』——たまたま家にあったものだ——は早いかと思ったが、暇つぶしにはなったようだ。

「今度、伯母が『幼年雑誌』を買ってきてくれるそうだ」

「うわあ。楽しみです」

外見の年相応に『幼年雑誌』を、と伯母が考えたようなのだが、情愛は細かいものの気性の激しい面も持っている彼女がバッグにそのような親切を示すのを龍之介は少し意外な思いで受け止めていた。

いつも通っている「梅園《ばいえん》」で、汁粉をふたつ頼む。

しばらくして、口の広い黒椀《くろわん》に入った汁粉が出てきた。

「さ、おあがり。熱いから気をつけてな」と龍之介が言って、黒椀の蓋《ふた》を開けた。

深紫の小豆色のこしあんである。まるで絹のようにつややかな光沢。一級の芸術品を目の当たりにする思いだった。

バッグは箸でちょっとこしあんをすくって舐め、舌を焼いた。

「あつい……」

「大丈夫か。ここのこしあんはとびきり熱いからな。あと、餅は食べたことがあるか？

喉に詰まらないように小さく噛み切るんだぞ」

熱々のこしあんはなめらかで、椀に口をつけて吸えば、濃厚なのに軽やかな甘みが舌を包む。豆の香りが気高い。これがたまらない。

箸を何度入れても、汁粉のこしあんは再び水鏡のようになぎ、漆《うるし》のようにつやつやとした美しさを保っていた。

小ぶりの焼き餅は上品で、やわらかい。餅の甘みとこしあんの甘みが合わさると不思議なまでに心が落ち着く。

箸休めの紫蘇《しそ》の実の塩気がおもしろい。口のなかをさっぱりさせつつ、次の汁粉の甘みを引き立たせた。よそではこうはいかない。

さらに茶をすすれば、授業の疲れなど吹っ飛んでしまう。

「ああ、頭脳を使ったあとは甘いものに限る」

塩気でさっぱりしたところへ、再び餅と餡を食す。向かいでバッグも、龍之介の食べ方を真似るようにしていた。

「昨日の最中もおいしかったけど、このお汁粉もすごくおいしいです」

「だろう？　僕は西洋料理などを含めても、東京の汁粉が第一等だと思っている」

「うん、うん。とてもおいしいです」

「いい汁粉屋がいっぱいあるぞ。上野広小路《うえのひろこうじ》の『常磐《ときわ》』もそうだ。あそこは汁粉の会席料理みたいなもので、格別だ。とはいえ、汁粉屋らしい汁粉屋となるとこの『梅園』、あとは日本橋《にほんばし》の『梅村《うめむら》』、浅草の『松邑《まつむら》』くらいかな」

「他のところにも行きたいです。すごくおいしい」

とバッグが言うと、龍之介は我が意を得たりと目を輝かせた。

「僕はね、小難しい議論よりも、汁粉を欧米列強に輸出したほうがよほど容易に世界は平和になると考えているのだよ」

「甘いものって、しあわせになりますよね」

とバッグが一生懸命に汁粉を食べながら、とろけている。

「まったくだ。甘いものといえば、本所『船橋屋《ふなばしや》』の葛餅《くずもち》もいいぞ。機会があったら食べさせてやろう。……いや、それにしても久米がきみの話を信じてくれて助かったよ」

例の〝河童語〟の件だった。

「河童が相手なら怖くないです」

「まあ、そうなんだろうが。うん」

若干会話の通じないところがあるが、よしとしよう。

「龍之介さん、『頭脳を使ったあとは甘いものに限る』って、大学はやっぱりたいへんなんですか。かっ……ぼくらには大学なんてないので」

「ああ。明治から大正になったけど、この国が鎖国《さこく》していたあいだの――いやそれよりも古くからの——欧米諸国の学問の集積を一気に受容しようというのだから、たいへんさ」

「じゅよう……」

「ああ、受け入れるという意味だよ。そういう難しい言葉を学問では使うが、そもそも維新まえのわが国には適当な言葉が見当たらないこともあってね。慶應義塾《けいおうぎじゅく》の福沢諭吉《ふくざわゆきち》という人もずいぶんいろんな言葉を作ったみたいだけど」

「はあ……」

「そんなことをずっと聞かされ、考えて、学ばされるのさ。だから、頭を使う」

「疲れるならやめちゃダメなのですか？」

龍之介は器の底に残っているこしあんを口に運ぶのに苦労しながら、

「そうはいかないさ」

「あるがままでお日さまの恵みと川の水とお魚と、ときどききうりがあれば、しあわせじゃないですか」

龍之介は器を下ろしてバッグを見つめた。なかなか哲学者ではないか。

「僕は東京帝国大学英文学科に通っている。日本に数えるほどしかない帝国大学の頂点にあたる大学だ。その大学に行くために、自分なりにも努力したけど、父母が——これはいま一緒に住んでいる父母で、いわゆる養父母だけど——物心両面から支援をしてくれた。世の中には尋常《じんじょう》小学校を出るか出ないかで働きに出る子も多いのに」

「さっき、龍之介さんより若い女の人が汁粉を運んでました」

「帝国大学は官費――国の金、つまりは人々の税でまかなわれている。僕たち帝国大学の学生は、西洋の学問を学び、それを生かして国のお役に立つ使命を担っているのさ」

「……やっぱり河原で寝っ転がっていたほうが楽のような気がします」

龍之介もそう思うときもある。

けれども、それだけではつまらない。

先ほど触れた福沢諭吉は「天は人の上に人を造らず、人の下に人を造らず」と『学問のすゝめ』に書き、人の差はただ学問を修めたか否かによるとしたが、龍之介に言わせれば少し違う。天は人間を上下なく創ったが、なにかをせずにはおれないように創ったのだ。

「人間社会の幸せには、進歩とか発展とかいうものもあるのさ。知識でも道具でも、昨日までなかったものを今日創り出し、明日をよりよくしていく。ただ」と言って龍之介は微苦笑を見せた。「ま、たしかに幸せはそれだけではないよな」

美しい自然に触れ、詩歌を吟《ぎん》じ、小説を読む。絵画を鑑賞し、音楽にひたる。もちろん、なにもしなくてもいい。あるいは神社仏閣や教会で膝をついて人間を超えた存在にぬかずき、心の重荷と罪の意識との許しを願い、未来への希望を祈願する。どれもこれも、昔から人々の暮らしのなかに息づいてきたものだ。

それは人間が人間を超えて「永遠なるもの」に触れようとする営みでもあると、龍之介は考えている。

昨夜の老河童の言葉ではないか、政府の役人とか政治家とかが「迷信だ、文明開化まえの古い習慣だ、そんなものは前近代的なのだ」と言ったとしても、なくなりはしない。

いや、なくしてはいけないのだ。

「龍之介さんの話は、ぼくにはむずかしいです」

「人間が人間であるための条件ってことさ。人はパンのみにて生くるにあらず。昨夜、あのあと考えた。物質の文明開化に釣り合うだけの、心の深化が人間には不可欠なのだと思う。その一助として、こういう不思議や怪異をどんどん集めていこう、と」

「へ？」とバッグが箸をくわえて、止まった。

「河童のおじいさんみたいに、理由があって不思議を起こしている怪異もいるとわかった。他の怪異たちも、なにか訴えたいことがあるのかもしれない。そういう不思議を集めて、小説にしてみたらおもしろいと思わないか」

「あのぉ。怖いのはイヤなんですけど……」

「『遠野物語』みたいなまとめ方は僕にはできないと思う。なにしろ、取材先は怪異話を知っている老人たちではなく、怪異そのものにしようとしているのだからね。小説という形式なら怪異そのものが語ったことに僕の独創を織り交ぜて書き上げることができる」

老河童が、龍之介のことを「文豪」と称したのも若干の影響はあった。

帝国大学英文学科の学生として、世のお役に立ちたい気持ちは人後に落ちるつもりはない。

しかし、いかなる道がありうるか。

そう考えたときに、やはり思ったのだ。

文学を志したい――。

この世とあの世の心を橋渡しできれば、その向こうに人間が求め続けてきた「永遠なるもの」の影を垣間見ることができるかもしれない。

そうすれば、自分が書く小説はただの滑稽話ではなく、永遠のなにかの一瞬を小説に閉じ込めた記録となって、後世に遺《のこ》すにたりうるものになるのではないか……。

文学で不朽《ふきゅう》の名とまで行かなくても、時代を多少下っても生き残っていたいくらいの野心は持ってもいいだろう。

「河童の話なら少しはできますけど……」

とバッグが控えめに申し出た。ほっぺにこしあんがついている。

「ありがとう。その点については頼りにしているよ。いや、実はね、これも昨夜思い出したのだけど、小さい頃に僕は天狗を見ていたんだよ」

「天狗⁉　あの烏みたいな羽とくちばしを持ってるやつですか」

「山伏《やまぶし》みたいな格好をしているといわれているけど、そこまではわからなかった。どこかの山に行く途中で、空高く飛んでる姿を見たのさ。まるで鳶《とんび》みたいに飛んでいたよ」

「じゃあ、その天狗の話を聞きに行って、お話にまとめるんですか」

いつの間にか空になった汁粉の器を、バッグが名残惜《なごりお》しそうに見つめる。

「天狗は話をしてくれるのかな。ものの本によれば、力自慢で相撲《すもう》好きとか、自慢話ばかりするとかあったから、初手で相手をするには疲れてしまいそうだ。ところが、いまここに頃合いの怪異がある」

「手頃ってことですか？」

「そう。それが本所七不思議さ」

龍之介は冷めきった茶を、熱いときのように小さくすすった。

六

この日から、龍之介はバッグを引き回して本所七不思議をひとつひとつ確かめて歩いた。

埋蔵の溝、足洗い屋舗、送り提灯、赤豆婆、あかりなしの蕎麦屋……。

いくつかの不思議は怪異とはまったく関係がなかった。有り体にいってしまえば、人間の勘違いや錯覚だった。

それもしかたがない。

けれども、興味深かったのは残りのうちの、いくつかの不思議である。

「昔は怪異現象がたしかにあったけど、最近はまったくなくなってしまった——そういうことがあるんだな」

と龍之介は感慨深げにつぶやいた。

「あのおじいさん河童が言っていたとおりです。怪異なんていないっていう人ばかりになると、この世にいられなくなるんです」

「それで、しかたがないからあの世だけの存在になる。ほんとうはいるのに、怪異なんていないという人々はますます怪異から遠ざかる。——そのせいで人間はどんどん世界の真理から離れていくわけか」

この世における怪異の絶滅である。「迷信はなくなった。科学の力、文明の力で世界が明るくなったのだ」と思うかもしれない。けれども、それは人間が豊かな自然と神秘の真理から自分を閉め出す自殺行為になっているようにしか龍之介には思えなかった。

七不思議のうち、勘違いや錯覚だと地元の人から説明された怪異現象も、もしかしたらすでに「信じられていない」ために、失われてしまった怪異だったかもしれない。

もっと知りたい。

けれども、確かめる術《すべ》はない。

人であれ、怪異であれ、この世で失われたものは戻ってこないのだ。

そんなことを考えながら、龍之介は本所を歩いている。バッグと手をつないでいた。

バッグの足が徐々に重くなっているのがわかる。

「どうした？　もしかして、次の『片葉の芦』が怖いのか」

「なにかイヤな感じがする……」

とバッグが眉毛を垂らして困り顔になっていた。


本所七不思議「片葉の芦」とは、怪異というより怪談に近い。

まだ東京が江戸と呼ばれていた頃の話。

本所に「お駒《こま》」という美しい娘が住んでいた。

あるとき、近所の留蔵《とめぞう》なる男がお駒に惚《ほ》れた。

留蔵は何度も言い寄り、そのたびにお駒は留蔵を袖にしたという。

これに業《ごう》を煮やした留蔵は、所用で外出したお駒に襲いかかり、片手片足を切り落として殺害。亡骸《なきがら》は堀に投げ込んだという。

以降、お駒が惨殺《ざんさつ》された場所——隅田川《すみだがわ》からの入堀《いりほり》にかかる駒留橋《こまどめばし》あたりの葦（芦）は、どういうわけか片方だけの葉しかつけなくなったのだとか……。

実は「片葉の芦」の話は本所以外にも存在する。

伊勢《いせ》や遠州《えんしゅう》などでの伝承がそれである。

また、越後国《えちごのくに》には浄土真宗《じょうどしんしゅう》を興《おこ》した親鸞聖人《しんらんしょうにん》が関東に出立するとき、葦までも別れを惜しんで親鸞の後ろ姿に手を合わせたがゆえに片葉となったという話が伝わっている。

その他にも源義経《みなもとのよしつね》などに由来する伝承もあるらしい。

葦が片葉となるのは珍しいものの、割合に頻度が高いのかもしれない。

それを説明するために数多くの伝承が各地に生まれた、ということなのだろうが、それは怪異を空想の風俗と思っている人たちの分析だろう。

もちろん、自然の法則あるいはそのちょっとしたいたずらで片葉の芦が生まれることはあるに違いない。

だが、すでに龍之介は河童を知っている。

というか、いま手をつないでいる。

これは龍之介の頭のなかだけにある仮説だが、世の中には怪異などの影響を受けやすいものと受けにくいものとがあるのではないだろうか。

それで、葦というものは、怪異など「この世だけではないなにか」の影響を受けやすいのではないかと考えてみたのである。

葦はよくある植物であるし、古今東西《ここんとうざい》の宗教や神話に出てくる。『古事記《こじき》』で最初に登場する植物であり、紅海《こうかい》を真っ二つに割る奇跡を起こして神から十誡《じっかい》を授かった『旧約聖書』のモーセは幼い頃に葦舟に乗せられて流された。お釈迦さまの在世中でも、釈迦族滅亡の難を逃れた人々のなかには葦を持っていた者たちもいた。また、哲学でもフランスのパスカルは「人間は考える葦である」と言っている。

　思考が逸脱した。

「片葉の芦」について話を戻せば、伝承や逸話は数多くあるが、本所七不思議の場合はあまりにも凄惨《せいさん》である。

　その凄惨さが、怪異としてはありえるような感じがする。

　さらにいま、バッグが恐れおののいているのが、龍之介に「当たり」を予感させた。

　駒留橋あたりで話を聞いてみると、若い者たちはさておき、ある程度の年以上の者たちは「片葉の芦」の話を知っていた。

　夜の駒留橋で会えるだろうという。

　刻《とき》は薄暮れ、誰《た》そ彼《かれ》時である。

「よし。やはり駒留橋のようだ。もうすぐ日が暮れる。このまま行ってみよう」

「えぇぇ……」

　バッグが難色を示していた。

　龍之介があめ玉でバッグを釣っているときである。

　通りがかりの老婆が、龍之介を呼び止めた。

「あんた、駒留橋の『片葉の芦』に用がありなさるのかえ?」

「少し見てみたいと思いまして」

しばらく老婆はじっと龍之介を見つめた。夕暮れ時の知らない老婆というのは、それ自体が怪異のようだった、と言ったら怒られるかもしれない……。

老婆がぽつりと言った。

「やめなされ」

「え？」

「怪異というものは人間がおもしろがって触れていいものではない。人間がどうこうできぬから怪異と呼ばれるのじゃ。ましてや、お駒は――」

風が強く吹いて近くの草木を揺らした。

その音で老婆の声がかき消される。

「お駒は、なんですか」と龍之介が聞き返したが、老婆は首を振りながら行ってしまった。

「ほら、龍之介さん。こういうのって、遊び心で行っちゃいけないんですよ」

「それは百も承知だが。さっきのおばあさんは、なんだったのだろう」

「河童じゃないですよ。でも、親切に止めようとしてくれていたんじゃないですか」

まずい。もっと知りたい。

「よし。わかった」

バッグがぱっと明るい顔になった。

「わかってくれました？　帰りましょう」

「きちんと手を合わせに行こう」

「うわあーん」

龍之介はバッグを連れて駒留橋そばの葦原に踏み入り、見て歩いた。

バッグが、この世の終わりのような表情をして手を引かれている。

片葉の声が、たしかにあった。

風が吹いて、葦を揺らす。

片手だけのお駒が助けを求めているようだ。

そのときである。

手にしていた提灯の火が消えた。バッグが悲鳴をあげる。龍之介はバッグを励ましたが、ここで提灯の火をつけ直すのは難しい。万一まわりの葦に火がついたら大変なことになる。

龍之介は葦原から出ようとした。が、なにかに足を取られて転んでしまった。

「バッグ、足にしがみつくな」

「龍之介さんの足なんて触ってませんいいいい」

というバッグの声が、頭の先のほうから聞こえた。

では足に絡んだのは何者か。

龍之介の背中が粟立《あわだ》った。

足が動かない。

身を起こし、手を伸ばす。

冷たい草の感触があった。

葦だ。

葦が絡まっていたのだ。

振り払おうとしたが、縄のように龍之介の足を締めあげている。

龍之介は恐怖した。

「バッグ、いますぐ提灯をつけろ」と命じたときである。

ぬるい風が龍之介のうなじをなでた。

その風にのって、女の声がかすかに聞こえる。

うらめしや……。

慌てて左右を確かめた龍之介の目に、それまでそこにいなかった女の顔が現れた。

顔は青白く、目は恨みがましく、口元から赤い血が一筋たれている。丸髷《まるまげ》に結った髪はほつれ、着物は乱れ、身体がうっすらと透けているように見える。

その透けている身体に、右手右足がなかった。

「お駒……っ」

龍之介がその名を口にすると、お駒の幽霊は左手のみで龍之介の首を絞めあげた。

うらめしや。許さない。あたしをこんな目に遭わせた男。殺してやる。
とても片手の、それも女の力とは思えぬ凄さで、お駒は龍之介の首を絞めつづける。
「待て。どうして僕を――」
うらめしや。留蔵、殺してやる。逃げた留蔵。今度こそ捕まえた。
お駒の目は妖気に満ちて赤暗く光っている。
バッグの泣き叫ぶ声が聞こえた。

刹那、龍之介は了解した。
本所七不思議「片葉の芦」において、お駒を殺した留蔵のその後が残っていない。
お駒が幽霊となって留蔵に復讐《ふくしゅう》したとは伝わっていないのだ。
お駒は無残に殺された怨《うら》みが残ったままになっている。
その怨みが葦を片葉にさせた。
なんのために？
あやしき話で留蔵の気を引き、誘い出すためだ。
つまり、この「片葉の芦」は留蔵への復讐のための撒き餌《まえ》であり、呪いだった。
お駒が死んだのは江戸の頃。仮に幕末だったとしても、そのあと維新が起こり、いまは
大正。五十年ほどがたっている。

留蔵がそのあとどのような人生を歩んだにしても、もう死んでいる可能性のほうが高い。お駒の怨みは晴れることなく、「片葉の芦」に近寄る者を留蔵と思って殺していく……。それは——かわいそうではないか。


龍之介は力ずくで身をよじり、お駒の左手から逃れた。

「待つんだ。お駒さん。僕は留蔵ではない。ほら、僕の頭を見てくれ。髷を結っていないだろう？　あなたが殺されて何十年もたち、もう時代が変わったのだ」

……なんだと？　留蔵はどうしたのだ。あたしをこんな目に遭わせて。

「留蔵のことはわからない。でも、いつまでもこうしていてもダメだろう」

おまえになにがわかると言うのだ。

再び、お駒が龍之介に襲いかかった。

「ああ、そうだ。僕にはきみのことがわからない。きみの苦しみも悲しみもわからない」

ほれ見たことか。おまえも留蔵と同じだ。おとなしく死ね。

「だから、きみのことを教えてくれ」

なに？

「きみのことを教えてくれと、言っているんだッ」

龍之介はもがき、お駒の頭を摑んだ。

そのときである。

龍之介の頭のなかに白い光が映った。

その白い光に髷の男と丸髷の女が、夢のようにぼんやりと見えてくる。

お駒の両親だ。

どういうわけか、わかった。

龍之介の頭のなかに、次々といろいろな人物が出てくる。みな、江戸時代の格好をしていた。お駒は姿を現さない。しかし、みなが龍之介に「お駒ちゃん」と声をかけてくる。

生前のお駒の記憶か——。

お駒の二十年足らずの人生が急流のように過ぎ去り、最後に背の低い、団子鼻《だんごばな》の男が出てきた。「お駒ちゃん」と呼ばれるたびに、全身に虫唾《むしず》が走った。留蔵だ。

たまたま留蔵が落とした手ぬぐいを拾ってあげただけなのに、つきまといが始まったのだ。いくら逃げても現れる。留蔵の姿を見、声を聞くたびに、お駒は気分が悪くなった。

しかし、留蔵は「お駒ちゃん、具合悪そうだね」と身体に触れてこようとする。

逃げて、逃げて——あの日が来てしまった。

お駒が用事で外へ出た帰り、駒留橋で留蔵が襲いかかってきたのだ。

身体中を毛深い留蔵の手が這《は》おうとするのを、何度も払いのける。ついには蹴り飛ばし、留蔵は欄干《らんかん》に背をぶつけた。お駒は乱れた胸元や裾《すそ》を整え、逃げ出そうとする。

次の瞬間、灼熱《しゃくねつ》の感覚が龍之介の右太ももに走った。

留蔵が、お駒の右太ももに短刀で斬《き》りつけたのだ。

動けない。その絶望のなか、留蔵の生臭い鼻息が顔にかかる。

嫌だ、嫌だ——。

留蔵は短刀を振り上げると、お駒の腹を刺した。

激痛が龍之介の腹部を貫く。

あげた叫び声が、お駒の声か自分の声かもわからない。

お駒はなんとか抵抗しようとしたが、留蔵が今度は彼女の右腕を斬った。

血に染まった留蔵が「お駒ちゃんが悪いんだ。お駒ちゃんが悪いんだ」と繰り返しながら、短刀を幾度となく彼女の腹に突き刺す。そのたびに激痛と恐怖が心を蝕《むしば》んだ。

留蔵はお駒の身体を引きずり、川に投げ捨てた。

お駒の身体から流れた血のついた葦が、片葉となっていく——。

生前の彼女の記憶が終わると、頭のなかの白い光も消えた。

龍之介の目の前に、お駒がいる。

先ほどとは違う、清楚《せいそ》でかわいらしい年若い町娘の姿をしていた。

お駒が泣いていた。

「それじゃあ、あたしはどうしたらよかったんですか？」

理不尽な死を怨むのは、どうしようもないことのように思われた。

龍之介の心が痛む。

なにをしてやれるのだろう。

この不条理に、自分の文学なるものはこれっぽっちも力がないように思われた。そう思ったら、龍之介は胸の奥から涙がこみあげてきた。

泣いている龍之介を見て、お駒が「なぜ、あなたまで泣くのですか」と戸惑っている。

「僕はただの学問の徒だ。多少、文章を書き、物語を書くが、それだけではいま知ったきみの悲劇をどうしてやることもできない。僕は無力だ」

「そう。あなたも力がないのね。力のない者は、留蔵みたいな奴に殺されるの。こんなふうに――」

と、お駒が龍之介の首に、その白く透ける手をまた伸ばそうとしたときだった。

黄色みを帯びた提灯の明かりが、お駒と龍之介を照らした。

「殺しちゃダメです。龍之介さんは、いい人です。いい人だから、あなたと一緒に泣いてくれたんです」

バッグが恐怖の涙をこらえながら、お駒に呼びかけている。

「泣いてくれた……？」

「あなたが死んだときに泣いてくれたのは、ほんとにあなたを大切に思っていた人だったんじゃないですか？　龍之介さんはそういう人なんです。だから、殺しちゃダメです」

バッグがいたいけな子供とは思えぬ言葉で必死に訴えた。

「…………」

「もう死んだあなたは人生の続きを生きることはできないけど、心のなかで人生の続きを思い描くことができる。そうすれば、実際に生きたように、自分の心を書き換えることができる。それは龍之介さんならできるんです」

バッグの必死の言葉に、お駒も龍之介も驚いている。龍之介はお駒の手を振りほどいた。今度はほとんど力がいらない。

「お駒さん。僕にはなにもない。金も権力もないし、腕力も十人並みだ。だけど、あなたが『ほんとはこう生きたかった』という話を、物語にしてあげることはできる。それがほんとうにあなたの人生の続きの代わりになるかは、僕にはわからないけど」

「あの世とか心の世界では、心のなかで思ったことは、すでに行動したのと同じだから、龍之介さんの物語でできるはずです」

とバッグが太鼓判を押す。

龍之介は腹をくくった。

お駒は自分を殺すつもりだ。

けれども、万にひとつ、億にひとつ、バッグが言ったようなことが自分の小説でできたら、生きて帰ることができる。なにより、お駒の心を安んじられる……。

結局、その夜、龍之介はお駒の物語を考えることに専念したのである。

龍之介はお駒の話に耳を傾けた。


お駒が生きたかった人生は、華美なものではなかった。

料理屋で働いていた幼なじみの男と所帯を持ち、一男一女に恵まれ、子供たちを立派に育ててあげたい。夫の仕事を支えて、一緒に小さなお店が開けたらうれしい。子供たちが良縁に恵まれたあとは、夫婦ふたりでお寺参りに行ってみたい。孫の顔は見られるだろうか。死ぬときには、できれば夫や子供たちに看取《みと》ってもらいたい……。


ささやかかもしれない。けれども、かけがえのないあたたかさがあった。

お駒の生きたかった人生を、龍之介は取材用に持ってきた紙に書き上げていった。

書き上がった物語を読み、お駒がはらはらと泣いていた。

「『……こうして、みんなに看取られながら、お駒は「ありがとう。お世話になりました」とお礼を言って息を引き取ったのです。遺された夫と子供たちと孫たちは、やさしかったお駒を思ってみんな泣きました。お駒の魂は御仏のお使いたちが、あの世へと案内したのでした』――ああ、こんな人生がありえたんですね」

東の空が白んできた。お駒の身体が透けていく。

「気に入って、もらえましたか」

すると、お駒はにっこり笑った。

「ありがとう。お世話になりました」

朝の冷たい風が吹く。その風に散らされるように、お駒の姿がかき消えていった。

曙光《しょこう》のなか、片葉の芦が揺れている。

お駒が手を振っているようだった。

その日を境に、お駒が駒留橋に立つことはなかった。

第二章　クリームソーダと大蛇の怪異

一

本所七不思議「片葉の芦」の一件、否、お駒《こま》の一件から数日がたった。

直後はあまりの出来事に現実感がなかった龍之介《りゅうのすけ》だが、数日たつとますますその印象は薄れてきた。

あれは夢か幻だったのではないかと思ってしまうのだが、手もとには「お駒の生きたかった人生」の物語を書いた紙が残っている。

となれば、やはり夢ではなかったのかと思うが……。

「た、たいしたことのない怪異でしたね」

とバッグが強がった。

「大泣きしていたのは誰だ？」

「あうぅ……」

「それにしても、よくあんな方法を思いついたものだ」

お駒のために物語を書いて、怨みで荒ぶる彼女の心を鎮め、あの世に旅立たせたことだ。

「なんとなくなのです。あの世の世界は心の世界。心で思ったことがすべてだから、実際の体験と同じ意味を持つって聞いたことがあったから」

なるほどなと、着物姿の龍之介が腕を組んだ。

聖書でも、心のなかで思ったことも罪とされるという記述があった。ずいぶん厳しいことを言うものだと思ったが、釈迦大如来《しゃかだいにょらい》も心のあり方を説いている。

いまバッグが心の世界やら思いの意味やらについて話してくれた。バッグは聖書や仏典を紐解《ひもと》いたことはあるまい。

これは聖書や仏典の説く教えが、人間世界だけではなく河童たちの世界をも統《す》べているといえるのではないか。

それでこそ、神は全知全能であり、釈迦大如来は三千世界をしろしめす法そのものであるといえよう。

ただ、そうなったときには、バッグたち河童のほうが人間たちよりも神仏の教えを常識としていることになる。

はてさて、どちらがほんとうに文明人なのやら……。

おもしろい。もっと知りたい。

「物語を書いてやれば、他の幽霊もあの世へ行ってしまうのか」

「今回は運がよかっただけですよ。話を聞いてくれたし、それに龍之介さんもあの人を助けたいと心底思っていたし」

龍之介は自分で淹《い》れた茶をすすった。

「そうだな。僕はあの人を助けたかった……」

「他の幽霊や怪異にも同じようにできるかは、ぼくにはわかりません」

「お駒は、どうなったのだろう」

「わかりません」

バッグは正直だ。

あれこれ考えていくと、お駒のことは「忘れてあげる」のがもっともよいような気がしてきた。

お駒は「片葉の芦」を使って留蔵を誘い出し、復讐しようとしていたのだ。

その容姿は、怨みに崩れ、苦しみに融解して、人がましさを失っていた。

龍之介が彼女の心に触れ、その一生を見たあとに出現した清楚な町娘の姿が、お駒のほんとうの姿なのだろう。

けれども、龍之介が、お駒を怨念《おんねん》に支配された幽霊として思っているかぎり、「怨む幽霊・お駒」は存在していることになりはしないか。

龍之介ひとりが忘れてやったところで、彼女の来世がどうなるかはわからない。龍之介は閻魔大王《えんまだいおう》ではないのだから。

「忘却もまた神の慈悲か」

と龍之介は独りつぶやく。

「なんですか」

「いや、なんでもない。……それにしても。僕は美そのものを小説に封じたいと思っていたが、まさか怪異を封じるようになるとは」

するとバッグがなにかを閃《ひらめ》いた顔になった。

「龍之介さんの小説には怪異を封じる力があるんだ！」

龍之介は口をへの字にする。

「そんな馬鹿な」

「だって、河童のおじいさんが『ぶんごー』って言ったから。ぶんごーだからそんな力があるんですよ」

「いや、文豪ってそういうものではないだろう……」

バッグは目をきらきらさせていた。尊敬のまなざしだろうか。

「もしかして、それでぼくを河童の里にもどせたりしないですか」

「……ふむ？」龍之介はまじまじとバッグを見つめ、お駒の小説の原稿を見つめた。「バッグを僕が小説に書いて『封じる』のか」

「あ、でも封じ込められちゃったらヤだな……」

バッグが困り顔になる。

「『封じる』というのとは少し違うのかもしれないな。僕は、お駒さんを封じてはいない。小説に彼女の本来の心とかその美しさを書き留めただけだ――」

「けど、お駒さんがあの世へ旅立てた。死んだ人間が行くべきあの世に」

龍之介が書く小説があるべき姿を書き留めることで、お駒をあるべき姿に戻したのだとしたら――バッグを河童の里に戻すというのもできるかもしれない。

そんな超自然的な、霊能とでもいうような力が自分にあるのだろうか。

超自然の存在なら、バッグが目の前で仔犬のような濡れた瞳でこちらを見ている。

信じてみよう。「求めよ。さらば与えられん。叩けよ。さらば開かれん」というやつだ。

それに、自分の可能性について、もっと知りたい。

龍之介は原稿用紙とペンを用意し、文机にあぐらをかいた。

横でバッグがわくわくした顔で正座している。

「どんなふうにやったらいいのだろう。お駒さんのときと同じだとしたら、バッグの話を聞いてその願いを小説のなかでかなえてやる、という形になるのか……？」

「願い……」とバッグが真剣に考え、明るく言った。「おいしいものが食べたい」

「ううぅーん？」

龍之介は目を細めて唸る。

子供らしいかわいい願いであるが、「河童の子がお腹いっぱいおいしいものを食べました」だけでは、小説にできる自信がない。できてせいぜい昔話だ……。

「ダメですか」とバッグが途端に切なげな声になる。

「いや。おいしいものは大事だよな。うん」

とりあえず、書いてみることにした。

短編くらいにはなるだろうか……。


夜中だったがバッグの短編執筆を始めた。

すんなりと文字は埋められた。

けれども、お駒のときのような、自分でも涙が流れるような感情の高ぶりがない。

書き手の気持ちの高揚が作品の善し悪しに直結しているとは思わないが、はたして……。


自分のことを短編にしてもらったバッグは、とても幸せそうだった。

「おいしそう……」

寿司や天ぷら、あるいはライスカレーやコロッケなどのハイカラな洋食の描写を読み上げてもらったバッグが、とろけている。

「――いまのところバッグが『成仏《じょうぶつ》』しそうな雰囲気はないな」

お駒があの世に還ったときのような、身体が光ったり透けたりするような変化は見られなかった。

やはり、「河童の子がお腹いっぱいおいしいものを食べました」だけではダメなのか。

「帰れない……」とバッグがしょぼんとなった。

「すまない」

龍之介が謝ると、バッグはその短編を抱きしめて、「でも、龍之介さんの作るお話はすてきです」と笑顔を見せた。

子供に気を遣わせてしまった。

心苦しいが、どうしようもない。

お駒の件はまぐれ当たりだったのだろうか。

「文字だけでは、バッグにはつまらないよな」と龍之介は短編の原稿用紙に、ペンを走らせた。

河童の絵を描いてやったのだった。

その翌朝である。

この利発でかわいらしい河童の子供の身に、たいへんなことが起きていた。

多少寝坊気味に龍之介が目を覚ましてみると、バッグが真っ青な顔になっていたのである。気分が悪いのかと思って心配していると、バッグがやおら学帽をとった。

バッグの学帽は、彼が河童であるなによりの証左たる頭の皿を隠すためにかぶっている。ところが、いま学帽をとってみると頭頂部の皿がなくなっていたのだ。

「ない！」

バッグは自分の頭頂部を触って叫び、慌てて鏡を探している。あいにく鏡は下の姿見しかないので、龍之介が言ってやった。

「ほんとうだ。皿がない」

バッグが真っ青になる。

「ほんとにないんですか⁉　鏡。鏡は⁉」

龍之介が下だと言うとバッグは膝を回して階段を降りた。どうしたんだい、という伯母の声がする。

少しして、バッグの金切り声が聞こえた。

龍之介は慌ててバッグを抱え、伯母になにか言われるまえに自室に運び込む。

「あんまり騒ぐなよ。髪がいつの間にか伸びただけではないのか」

「違います！　河童の頭のお皿がないんですよ⁉　お皿が割れた河童は死んじゃうんですよ⁉　ぼく、もう死んじゃう‼」

「穏やかではないことを叫ぶな。バッグは生きているではないか」

　バッグがふと動きを止める。

「あれ？　ほんとだ。生きてる」

　龍之介はバッグの頭頂部を触ってみた。

「たしかにないな。でも、生きている。これは新しい河童の姿なのではないのか」

「聞いたことありませんっ」

　とバッグが大きな声を出した。そのときである。バッグの両目が、河童のときの縦長の瞳孔に変じた。両手両足の指のあいだに水かきができている。

「いきなり河童の姿になるな。驚くだろう」

「あれ？　ほんとだ。でも、お皿はない……」

「まあ、でも生きているし。よいのではないか」

「お皿がない河童なんて、河童の里に入れてもらえませんよ」

　バッグが緊張をほどき、かすりの着物の男の子の格好に戻る。

　頭の皿がなくなったいま、ごくふつうの——ややかわいらしすぎる——人間の男の子だ。いまでも河童の里に戻れないのだが、本格的に戻れないとなると、ここでずっと龍之介の知り合いの子として育てていかなければいけない。

「それはちょっと厄介だな」と、龍之介は渋い顔をした。

そもそも、どうして頭の皿がなくなってしまったのか。

心当たりがあるとすれば、お駒の件だが、お駒は龍之介を襲いこそすれ、バッグには指一本触れていない。

とはいえ、他に怪異らしい怪異に遭遇していなかったが、肝心のお駒はさっさとあの世に行ってしまった。

あいにく、龍之介には英吉利《エゲレス》でいうところの降霊術のようなもので、お駒と話をする伝《つ》手《て》もない。

どうしたものか。

「どうしたらいいのでしょう？」

バッグ、半べそである。

どことなく、状況が悪化しているように見えなくもない……。

「たぶん、お駒さん——というか、怪異がらみではあるのだろう。ところが、お駒さんはもういない」

「はい」

「なにか同じような怪異を探してみないといけないだろうな」

小説のネタだけではなく、バッグを助けるためにも、これからも怪異を探さなければいけないようだった。

二

翌日、大学から戻ってさっそく検討を始めようとしたときである。

大学から戻ってみると、女中から「お客さまがお部屋でお待ちです」と告げてきた。ありがとう、と答えたものの心当たりがない。久米《くめ》ならばついさっきまで一緒だったし。疑問を巡らせながらも「ただいま」と自室の引き戸を開けてみれば、バッグと「来客」がともに正座して互いを凝視し合っていた。

来客は日本髪を結って着物を着ている。やさしげな面立ちの少女、なのだが、いまは目の前のバッグを無言で睨んでいた。

バッグはバッグで、その少女を迷惑そうに無言で見返すばかりだ。

龍之介は、バッグはもちろん、その少女――塚本文《つかもとふみ》のこともよく知っていた。中学時代の同級生、山本喜誉司《やまもときよし》の姪にあたる娘で、龍之介の八歳年下の十五歳。小さい頃からよく遊んであげている。

「あー……、文ちゃん、ようこそ。待たせたかな。今日はどういう……」

用件だろうか、とみなまで言うまえに、文は龍之介に向き直った。

「芥川《あくたがわ》さんっ」

「はいっ」

なぜか背筋が伸びた。

「この子はいったい何者ですかっ」

「あー……」

どう答えたものかと思案しようとした隙《すき》に、今度はバッグが声をあげた。

「龍之介さんっ。この人は誰ですかっ」

「あー」と龍之介が説明しようとするまえに、文が不機嫌そうに眉間にしわを作った。

「その『龍之介さん』っていうの、なれなれしいと思います。あたしの兄さんのお友達なので、敬意を表して名字でお呼びしているのに」

文が「兄さん」と呼んだのが、山本喜誉司のことである。塚本文からは叔父なのだが、年が若いので「兄さん」と呼んでいた。

文の母は夫を亡くしたあと、親戚である山本家へ身を寄せていた。そこで文と山本は兄妹同然に育ったのだ。

その頃の山本家は本所にあったので、龍之介の家からも近く、山本のところへ遊びに行くと自然といつも文と会ったのである。

山本家は引っ越してしまったのだが、その行き先が本郷弥生町《ほんごうやよいちょう》。東京帝国大学に通う龍之介にとっては、むしろ心的には近くなったくらいだった。

それで、いまでもちょくちょく山本のところへ行く。

山本に用事があるのは事実だが、文に会いにいくのも楽しみでもあった。

「だって龍之介さんだもん。おまえこそどこの誰だ?」とバッグが反駁《はんばく》する。

「まあ! 芥川さんの知り合いのようだから我慢していましたけど、先ほどから無礼にもほどがあります。礼儀というものを知らないのですか」

「知ってるよ。知ってるけど相手を見て礼儀正しくしろって里で習った」

「なんですって⁉」

「待て待て」龍之介がふたりを止めた。「ふたりとも落ち着いて。せめて僕を部屋に入れてくれ」

やっとのことで部屋に入り、引き戸を閉める。笑いながら覗いていた女中が、慌てて首を引っ込めるのが見えた。

そのあいだも、バッグと文は非友好的なまなざしで見つめ合っている。

僕がいないあいだにいったいなにがあったのだ。

龍之介は咳払いをした。

「紹介する。こちら、僕の中学時代の同級生の姪っ子の塚本文さん」

文が無言で頭を下げる。

「こちら、わけあってうちにいるバッグくん」

バッグは「ふんっ」と鼻を鳴らしてそっぽを向いた。

文が膝立ちになり、バッグを指さしながらすぐさま糾弾《きゅうだん》する。

「見てください、芥川さんっ。この反抗的な態度っ。聞けば芥川さんのところでご厄介になっているとか。いますぐ追い出すべきですっ」

「おまえなんかにそんなこと言われたくないや」

バッグ、意外に口が悪いな……。

そんなところに感心している場合ではなかった。

「バッグ、いまのはおまえが悪い。文ちゃんもちょっと落ち着いて」と龍之介にたしなめられ、ふたりがともにしょんぼりする。だって……と、ふたりして言っている。

龍之介はもう一度咳払いをした。

「で。今日はどうしたんだい、文ちゃん」

文は後ろに置いてあった風呂敷包みをまえに出した。

「兄さんが借りていた本をお返しにあがりました。あとこちら、うさぎやの喜作《きさく》最中です」

そう言って、文が本と一緒に菓子折を差し出す。

「おお。うさぎやの喜作最中！」

蓬髪《ほうはつ》をかきながら、龍之介は笑み崩れた。文がにっこり笑って菓子折を開けば、小麦色の最中が整然と並んでいる。かぐわしい。

「芥川さんは大の甘いもの好きですものね。うさぎやの喜作最中なんかは特にお気に入りで」と、文がなぜか勝ち誇ったようにバッグに言う。

「食いもので釣るなんて、浅ましい」とバッグ。

「なんですって⁉」

「やめなさい」と再び龍之介が仲裁する。「せっかくの最中がまずくなる。お茶を持ってくるから、さっそくいただこう」

「はい、どうぞ」と文がにこにこした。

大急ぎで茶を淹れて、戻る。

「バッグもいただきなさい」

と言いながらも、龍之介はもうひとつを手にして口に運んでいた。できたての、こうばしくもしっとりした風合いの皮の向こうに、粒あんがある。甘すぎず、かといって物足りないこともなく、小豆《あずき》の旨《うま》みと風味が口のなかから鼻へ抜ける。ここの主人は、毎日きっと命懸けで餡を練り上げているのだろう。

あっという間にひとつなくなった。

「うん。うまい。ありがとう、文ちゃん」

「どういたしまして」

文もおいしそうに食べている。

ところが、バッグは手を出さない。

「どうした、バッグ」

「いらないです」

「どうして。甘いもの、好きだろ？」

「どうしてもです」

とバッグは繰り返すが、腹のほうは「ぐぅぅ～」と鳴って異議を唱えた。

バッグ、涙目になっている。

龍之介は苦笑した。「食べてよいのだぞ？」

「………」

「ほら。おいしいよ？」と文もバッグに微笑《ほほえ》みながら呼びかける。

突如、バッグが〝きっ〟と文を睨み返した。

「ぼくだって龍之介さんのこと、いっぱい知ってるんだから！　龍之介さん、毎晩、寝相が悪いんだぞ！」

文が最中にむせた。

「ごほっ、ごほっ。……いま、なんて」

「あと、寝言でいきなり『汁粉ッ』とか叫ぶんだぞ！」

「な、な……」と文が真っ赤になっている。

「バッグ、やめなさい」恥ずかしいから。

しかし、バッグは止まらない。

「龍之介さん、この女はきけんです！　怪異です！　龍之介さんを取っちゃうんです！」

「なにを言ってるのよ!?　あんたこそ、あたしに芥川さんを取られると思ってやきもち焼いているんでしょ!?」

「やきもちなんて焼いてないやい！」

「嘘おっしゃい！」

「なにさ！」

「なによ！」

バッグと文はまた睨み合いを始めた。

龍之介はため息をついた。

いつまでも不毛な言い合いにかかずらっていたくないのに……。

今日はこれから増上寺へ行くつもりだったのだ。

もちろん、怪異話を集めるためである。

三

増上寺は、弘法大師《こうぼうだいし》・空海《くうかい》の弟子が建てた光明寺《こうみょうじ》を前身とするという。

室町時代《むろまちじだい》に真言宗《しんごんしゅう》から浄土宗《じょうどしゅう》の寺院に変わり、それに伴って増上寺と名を改めた。

徳川家康《とくがわいえやす》が江戸入城の際に檀家となり、徳川家の菩提寺《ぼだいじ》となるとともに、江戸の裏鬼門――北東の鬼門に対する南西の方向――を護る寺となる。浄土宗の僧侶を育てる養成機関のひとつとして関東十八檀林《だんりん》としても有名だった。

増上寺をもっとも有名にしたもののひとつは、『忠臣蔵《ちゅうしんぐら》』だろう。

赤穂《あこう》四十七士が臥薪嘗胆《がしんしょうたん》の果てに、主君・浅野内匠頭《あさのたくみのかみ》の仇《かたき》である吉良上野介《きらこうずけのすけ》を討ち取る仇討《あだう》ち物語の傑作である。

江戸下向《げこう》した勅使《ちょくし》を迎えるためには増上寺の畳替えをしなければいけない。それを吉良義央《よしなか》、いわゆる吉良上野介が饗応役《きょうおうやく》の浅野内匠頭に教えなかった。これに恥を受けた浅野内匠頭が殿中刃傷《でんちゅうにんじょう》の事件を起こし、『忠臣蔵』の物語は始まる。

「もっとも、勅使出迎えに畳替えが必須だったかは、わからないのだがね」

と境内《けいだい》をゆっくり歩きながら、龍之介はバッグに教えた。

そろそろ、夏である。

「嘘なのですか」

きょとんと問い返すバッグの頭には、いつもの学帽がある。機嫌もよくなっている。

今日は、文がいなくなったからか。

昨日あのあと、龍之介がバッグを伴って増上寺へ出かけると言ったら、文がとことんむくれたのには参った。結局、今度甘いものを奢《おご》ることで手を打ったのだが、陽が傾いてきたので昨日は断念せざるを得なかったのである。

やれやれである。

だが、いつものほんわりしたにこにこ顔に戻ったバッグを見ていると、なんだか許せてしまうのだった。

「嘘といえば嘘かもしれないね。小説、novelというものはほんとうの話だけではなくて、大小さまざまな嘘を寄せ集めてできている話だからな」

色濃くなった木の葉の隙間から、陽光が虹色に射し込んでいる。

増上寺南に薩摩藩上屋敷《さつまはんかみやしき》があったことから、幕末には戊辰戦争のきっかけになったともいわれていた。

そのような動乱の幕末のあとに明治維新がなるが、阿弥陀如来《あみだにょらい》への信仰によって来世の安寧を念ずる浄土宗の寺なのに、増上寺そのものは揺れつづけた。

維新政府による廃仏毀釈という仏教排斥《はいせき》運動である。

まるで聖徳太子《しょうとくたいし》以前の日本に戻そうとしているかのように、多くの寺が迫害され、損なわれた。

徳川家の菩提寺である増上寺が厳しい排撃を受けるのは、ある意味で当然の流れだった。

神仏共同教導職養成機関という美名の下、国家神道への教化要員を育てる大教院の本部となり、大教院神殿が置かれ、参道には巨大な鳥居が建てられた。境内地は太政官政府により接収され、芝公園として指定されたのちに貸し出されている。

返す返すも廃仏毀釈というのはひどいものだ、と思う。

この国において、仏教への信仰がきちんと保たれていたのは、もしかしたら奈良《なら》仏教が頂点だったかもしれないと、龍之介は考えていた。

「なんだか落ち着かない場所ですね」

とバッグがそわそわしたような、くすぐったいような表情をしている。

「このまえの河童のおじいさんと同じで、バッグもお釈迦さまを大切にしているのかい？」

「うん。お釈迦さまはとってもえらい方です」

そんなバッグと増上寺の歴史を合わせて考えれば、さもありなん、と龍之介は思った。

江戸時代に書かれた『新著聞集《しんちょもんじゅう》』という書物がある。

内容は、各地の怪異話や奇談旧話だ。

そのなかに、増上寺が出てくるのである。

増上寺を舞台とした話は複数あったが、酸鼻《さんび》を極めるのは「人肉を喰らうようになった僧」の話だろう。

葬儀の準備中にふとしたきっかけで人肉を口にしてしまった若い僧侶がやがて屍肉《しにく》をむさぼるようになるという、思い出すだけでも気持ちの悪い話だ。

話そのものは、『雨月物語《うげつものがたり》』に類似の話があるのだが、問題は「なぜ『新著聞集』では増上寺を舞台にしたのか」が気になったのだ。

『新著聞集』が明治になってから編纂《へんさん》されたなら、「徳川政権を貶《おとし》めようとしたのかな」という意図を感じるのだが、江戸時代に書かれている。

よほどに増上寺は嫌われていたのだろうか。

浄土宗を興した法然上人《ほうねんしょうにん》は、念仏を説きながらも自分は清廉潔白《せいれんけっぱく》な精進《しょうじん》を重ねていたというが、そんな精進が廃れていたのかもしれない。

あるいは、そう書かれるだけのなにかが増上寺にはあるのかもしれない——。

本所以外の七不思議巡りにぼちぼち飽きてきたところだったので来てみたのだが、具体的な怪異には出会えそうになかった。

「古い寺だから、いろいろ積み重なっていそうだよな。けれども、そんなにかんたんに怪異には会えないか」

龍之介は足早に寺を出ることにした。

バッグがぐったりしてきたからだ。バッグ曰《いわ》く「このお寺のお坊さんに怖い人がいる」とのこと。件《くだん》の若い僧侶かと思ったが、そうではない感じでもあった。

怪異かもしれない。

しかし、バッグのためにもしている怪異話集めで、バッグを弱らせたら本末転倒だ。

芝公園も嫌だというので、愛宕《あたご》のほうへ出た。

どこかで休もうと店を探していると、あるカフェーのまえでバッグが目を輝かせた。

「うわあ、うわあああ――」

「どうした？」

「龍之介さん、あれ、すごくきれい」

ハイカラな店で、資生堂《しせいどう》パーラーのようにクリームソーダなるものを出す。

龍之介としてはあまりカフェーを好まないが、バッグはそのクリームソーダが食べたいようだった。

たまにはよいだろう。

バッグの手を握って愛宕のカフェーの扉をくぐる。

ドアベルが、からころ鳴った。

席を探そうとして、龍之介は立ち尽くした。

向こうの席で背中を向けている着物姿の女性の後ろ姿《シルエット》に見覚えがあったからだ。

「あ……」

失恋した吉田弥生《よしだやよい》に似ていた。

思わず、膝が震える。

「龍之介さん？」とバッグが袴を引っ張った。ああ、と龍之介が答えると、その声に向こうが振り返る。その顔を見て、龍之介は力が抜けた。

「なんだ、別人か」

振り向いた顔は、吉田弥生とは似ても似つかぬ赤の他人だった。

その瞬間、龍之介はなぜカフェーを苦手に思うのかの理由に気づいた。

弥生と一緒にカフェーに来たことがあったからだ。

髪をまとめた着物姿の弥生は、ひどく美しかった。

窓際の奥の席で、弥生はクリームソーダを食べたのだ。

白い陽の光が若々しい草原の緑のような平和色のソーダを照らし、エメラルドのような光を放っていた。その上にのっている白いヴァニラアイスクリンが弥生の肌のように白かったのを覚えている。

一般に、失恋した男はいつまでも相手の女を引きずるものだ、とは、久米がしたり顔で教えてくれた話だった。

「やっぱり男は振られた恋を引きずるものなのかなぁ」

「へ？」

龍之介の疑問に、バッグがわからないという顔をした。

そのとき、どういうわけか昨日の文の顔が思い浮かんだ。

思わず笑みがこみあげる。

文ちゃんは、クリームソーダというより、やはり最中であり、汁粉だろう。

バッグの目の前には菫色《すみれいろ》のクリームソーダが置かれ、さっそくアイスクリンを食べようとした仕草で止まっている。

「いや、ただの独り言だ。さあ、おあがり。菫色もきれいだな」

そういう龍之介の前には平和色と称されるエメラルド色したクリームソーダが置かれた。弥生と一緒に食べたものだったなと思いながら、その過去への鬱屈《うっくつ》を食らってしまうつもりで食べはじめた。

「――たまには悪くないな」

「すごくおいしいです。あ、でも、お汁粉もおいしいので、またお汁粉も……」

とバッグが慌ててつけくわえる。

「ふふ。また食いに行こう」

「はい」とバッグは顔を輝かせ、再び可憐なヴァイオレットのソーダにとりかかった。

バッグが匙《さじ》を動かし、ソーダを飲むたびに、菫色に光が反射する。

「なあ、バッグ。僕の小説なのだけど……僕の心のなかのものを封じてしまうこともできるのだろうか」

と聞いてみたものの、龍之介は心中で苦笑した。封じるもなにも、自分の心のなかのなにかを物語の形式で書き留めるのが小説ではないか……。

だが、バッグはアイスクリンをじっくり味わいながら、小首をかしげてこんなことを言った。

「できると思います。怪異のお駒さんって、お駒さんの心が作った怪異だったでしょ？　龍之介さんはそれを小説で封じられた。龍之介さんの心のなにか――たとえば怪異になりそうな心とかを、小説に封じられるんじゃないですか」

龍之介は幼いバッグをまじまじと見つめた。

「お駒のときもそうだったが、きみはときどきすごい洞察力を示すのだな」

「どーさつりょく？　ドーナツに似てますね」

「ドーナツなんてものを知っているのか……。いや、僕が聞きたいこと以上のことを答えてくれた。ドーナツならまた今度な」

ドーナツを出すカフェーなら、銀座《ぎんざ》の「カフェーパウリスタ」だろうか……。

バッグが「えへ」と笑った。かわいい顔だ。

菫色と平和色のクリームソーダは、アイスクリンが溶けて混ざり合ったところが、白く濁ってしまった。

龍之介はその濁りを見ながら、頬杖をつく。

「バッグを小説にして里に戻すのはうまくいかなかった。もう一度挑戦するまえに、自分の心で練習してみようか」

「なにか封じたい心があるのですか？」

「まあな。――バッグ、頬にアイスクリンがついているぞ」

「あうう」

吉田弥生との失恋――これが龍之介の封じたい心だった。

龍之介は、それほど自分は悪事を重ねてきたとは思わない。

しかし、もしいま死んで自分が〝お駒〟のように祟るとしたら、それは失恋の無念である。

それにまつわる、自分のなかの不純な――世間体を気にする家の者たちの言い分を結局は受け入れてしまった――エゴイズムに満ちた偽りの愛である。

それらが、自分を〝お駒〟のようにしてしまうまえに書いてみたい。

どのような作品になるか、もっと知りたい。

人の心と怪異の関係も、もっと知りたい――。

龍之介は頭をかいた。

「増上寺の怪異を題材に書いてみるか……?」

バッグがぷるぷると首を横に振る。

「ここのお寺はやめましょ?」

「ずいぶん嫌がるのだな」

「なんか、ヤです」

「まあ、御一新まえの徳川将軍家の怨みのようなものを感じるよな」

「あと、昔の増上寺のお坊さんで、怖い話の人がいたんですよね？」

「うん」例の『新著聞集』の話かと思ったが、少し違っていた。

「怖い女の幽霊を南無阿弥陀仏《なむあみだぶつ》のお念仏で退治したっていう話」

「何代かまえの住職さんだったな」

「南無阿弥陀仏って、自分が極楽往生《ごくらくおうじょう》するためのお念仏ですよね？　しかも、お念仏の意味は『阿弥陀如来さまに帰依《きえ》します』というのでしょ？　これで、どうして怪異が成仏するんですか？」

「半べそをかきながらも、ずいぶん頭が切れるじゃないか」

　龍之介が微苦笑すると、バッグは「うあー」とか言いながら、アイスクリンを食べる。最後のひとくちだった。

「河童の里で長老から聞いたことがあるんです。年をとったお坊さんでも、そろそろ死ぬってときになったら『死んだあと、自分がどうなるかわからない』『死にたくない』と嘆いたり暴れたりするって。そんなことで怪異を成仏できるんですかって僕が聞いたら、『成仏とは仏になること。死んだだけで釈迦大如来と同じ仏になれるなんていうのは、間違っている』と」

「……長老、なかなか厳しいな」

「ほんとのところ、どうなんでしょう」

「生死を超える悟りというのは難しいのだろうさ」

と龍之介は答えたが、失恋の傷を文学にしてしまおうという自分こそ、悟りに縁遠い凡《ぼん》夫《ぷ》だとつくづく思う。

龍之介は音を立ててクリームソーダを飲み干した。

「『遠野物語』以外にも『雨月物語』、唐の『聊斎志異《りょうさいしい》』とかも漁っているが、どんなのがいいかなぁ。久米は僕に『今昔物語《こんじゃくものがたり》』を勧めていたけど」

「『こんにゃくものがたり』は、ほんとうのことがたくさん書いてあるって里で聞いたことがあります」

「ほう。物知りだな」と龍之介はにやりとした。

『今昔物語』には、いくつか自分流に書いてみたいと思う話があった。ほんとうのことが書いてあるなら、お駒のときのように力のある小説の土台になるかもしれない。

四

家に帰っても龍之介は頭の芯が熱く興奮していた。伯母が買ってきた向島《むこうじま》の長命寺《ちょうめいじ》を三つ失敬すると、自室に籠《こ》もった。

長明寺とは、江戸中期である享保《きょうほう》の頃に隅田堤の花見に供されるために作られた桜餅だ。

向島・長明寺の門前で売り出したので「長明寺桜もち」とされた。薄皮の白い餅に小豆あんを包み、さらに塩漬けの桜の葉を巻いている。大阪では道明寺《どうみょうじ》という寺で作られた道明寺粉を用いて餡を丸く包んだ道明寺桜餅が主流だが、龍之介にとっては、長明寺こそ桜餅だった。

三つの長明寺のうち、ひとつはバッグのぶんであるが、残るふたつは自分のためである。いつものように「おあがり」とバッグを促したが、龍之介はバッグよりも先にひとつ失敬した。

親の仇《かたき》のように長明寺を桜の葉ごとかじり、一心不乱に噛んでのみ込むと残りを口に放り込む。クリームソーダだけでは満たされなかった腹に、力が戻るのを感じた。

長明寺で少し湿った指先を手ぬぐいで拭き取ると、文机に向かう。

『今昔物語』を開いた。

目星をつけていた話のいくつかを、もう一度読み返してみる。

なにかが薄霧《うすぎり》の向こうに見えそうな感覚がして、さらに二度三度と読んでいく。

「ひとつひとつの話が短いのが難点なんだよな」

「それならふたつか三つの話をくっつけたらどうだ。きみは短編が上手なようだから、そのくらいの長さがあれば十分書けるのではないか」

と、突然、久米の声が聞こえて龍之介はぎょっとなった。

すわ、久米の怪異かと振り向けば、本当に久米がいた。

「すまない。来ていたのか」

「えらく集中していたようなので、黙って待っていた」と久米。

龍之介はその久米を見て、思わず笑い声を漏らしそうになった。

本の山のような部屋のなかで、久米とバッグがそれぞれ本を読んでいたからだ。

龍之介はバッグの正体を知っている。つまり眼前の光景は人間と河童がおのおの読書にいそしんでいるという、実に希有《けう》な光景だった。

「なにも笑うことはないだろう」

と久米にしては珍しく眉をひそめた。

「失敬」と軽く謝った。

塚本文とバッグのときにもこのくらい静かだといいのだが……。

茶でも出そうか腰を浮かしかけたが、見ると久米のまえにはすでに湯呑《ゆの》みが出されていた。

「『今昔物語』、行けそうだろ?」

「まだ断言はできないが、行けそうな気はする。よいヒントをくれて、ありがとう」

するとと久米が少し視線を泳がせて、

「芥川はまだ怪異集めをしているのか」

「ああ。もちろん。そういうきみはもうこりごりだと言っていたよな」

「うむ。言った。実に言った。ところが」

「怪異に会ったか」と龍之介が冷やかすように言うと、久米は肩をすくめた。

「怪異ではない。怪異ではないのだが、蝦蟇《がま》に襲われた」

「なんだって？」

昨日、大学から帰る道すがら田んぼの近くで、突然何匹もの蝦蟇が現れたという。

大きな蝦蟇が、まるで久米の行く手を塞ぐように道を占拠した。

蛙は別段好きではないが、久米とて、田舎でなれている。適当に避け、足で向こうへ動かし、帰路についた。

さらに今朝。昨日のことがあったのでなんとなく道を変えてみた。普段と違う道はそれだけでどこか心が浮き立つ。里芋《さといも》の葉の畑を眺めながら歩いていると、また蛙が現れた。

どこから出てきたのか、またしても蝦蟇である。

数は昨日より増えて二十匹はいたか。

それが道を塞いでくる。

案外、東京もまだまだ自然が多いのだなと、蝦蟇をつま先であしらって授業に向かった。

そんなものだろう、と授業を受けた。

授業を受ければそちらに気をとられて、蛙の件を忘れる。

忘れたので、昨日と同じ田んぼの近くを通った。

そうしたところ――。

「今度は最初から道いっぱいに蝦蟇がいたんだよ。それで、僕が近づいていくとみんないっせいにげこげこ鳴きはじめる。うるさいこと、うるさいこと。あまりの鳴き声に閉口していたら、なにが起こったと思う？　蛙どもがいっせいに僕にめがけて飛んできたのだよ」

「それは災難だったな」

「田舎で蛙にはなれているつもりだったけれども、あれだけ大量の蝦蟇が一時《いっとき》に自分にめがけて跳んでくるのは、さすがに恐怖を覚えたよ」

「僕でも嫌だな」と龍之介は顔をしかめた。「なにか、身に覚えはあるのかい？」

「蝦蟇に襲われる理由かい？　まさか。……ああ、でも、少しまえに夜遅く帰るとき、田んぼの横にあった小さな祠《ほこら》に躓《つまず》いてしまってな。少し壊してしまった。万年筆やら櫛《くし》やらを一緒に落としてしまって散々だった」

「それは、災難だったな」

「どうだろうか。少し助けてもらえないだろうか」

「無論。僕ときみの仲ではないか。助けるさ。助けるが」と龍之介は口をへの字にして腕を組んだ。「どこから手をつければいいのか」

祠を壊して祟られた。そういうことだろうか。

「まあ、蛙は天然自然のものだろうから、ただの偶然か気象上の異常くらいだろう」

「いやいや。久米がわざわざ僕に相談しているということは、きっとなにかあるのだよ」

しばらく久米を送り迎えするくらいしか妙案もないが。

「ありがとう。だが、もっと気になるのは、芥川の小説だ。失恋の痛手から立ち直って、きみには偉大な芸術の道を歩んでほしいと切に願っていたからな」

「ふふ……」と龍之介は短く笑った。

厳密には、失恋の痛手から立ち直るために、龍之介は小説を書こうとしている。誰にも明かせない心の闇めいたものを怪異に見立てて、小説に封じてしまおうとしているのだ。

そんな計画、久米には笑われるか呆《あき》れられるかだろう……。

「傑作を楽しみにしている。――それにしても東京というところは蛙まで凶暴なのだな」

と久米が笑った。

やはり気にはなっているようだ。

すると、それまで『幼年雑誌』――新しいものを最近買ってあげた――を読んでいたバッグが、顔を上げた。

「久米さん。それ、ただの蛙ではないです。怪異です」

部屋がしんとなる。

少しして、久米が目を丸くして笑いだした。

「あはは。おもしろいことを言うねえ、バッグくん。怪異というのはこのまえの『置いてけ堀』の河童のじいさんみたいなものであって、ただの蛙を怪異とは言わんよ。それに怪異不思議の類《たぐ》いは暗くなってから出るもの。僕が蝦蟇どもに遭遇したのは朝やら昼やら、お天道《てんとう》さまが高い時分だよ」

「でも、怪異です」

とバッグが反論した。久米が苦笑している。

「そうかそうか。なあ、芥川。最近の『幼年雑誌』は怪異話が氾濫《はんらん》しているのかね？　それとも、きみが変なことを吹き込んだかい？」

「そういうわけでもないのだが」

むしろ、怪異について教えてもらっているのは龍之介のほうである。

「怪異だもん」とバッグが涙目で訴えた。

久米は相変わらず笑いながらバッグのつやつやの髪をなでてなだめているが、龍之介は内心で首をひねっていた。バッグは久米を相手にこんなに食い下がるような子だっただろうか。これだけ言うなら、やはり怪異なのではないか……。

「久米。きみは怪異を信じていたよな？」

「信じたくはないが、このあいだ、河童は現物を見てしまったからな」

「他の怪異は信じないのか？」

と龍之介が問うと、久米は肩をすくめた。

「あんなにはっきりしたものを見てしまうと、逆に曖昧な話だけのものだと信じられなくなってしまうよ」

「だが、怪異というのは目に見えないのが本道だろう?」

「それはわかっているさ。だが、僕が思うに、怪異にもそれなりの下準備というか舞台設定のようなものがいると思うのさ。七不思議のようなあやしげな話があったり、丑三《うしみ》つ時とかの時刻の問題だったり。でも、相手はただの蝦蟇だぜ?『蛙が道を塞いでいました。それは怪異です』なんていうのは、平安時代の陰陽師《おんみょうじ》の話だろうよ」

「まさに『今昔物語』だな」と龍之介。

バッグは「そういう昔の話のほうが合ってるんですっ。ぜんぶがぜんぶじゃないけど」と久米に反論を試みた。

「ほれ見たことか。ぜんぶではないのだろ? なら、蛙ごときが怪異というのはおかしいというものさ」

バッグが涙目でむくれている。なにか理由がありそうだ。

もうちょっと、深く知りたい。

「バッグの知っている怪異話でいくと、その蛙はあぶないのか」

と龍之介が確認してみると、「そうです」とバッグがぶんぶん頭を振っている。

「なあ、久米。間違いや勘違いがあるから、あやしげな出来事があっても怪異と無関係だとするのは、河童のおじいさんが怒っていた人間の傲慢の話と同じにならないか？」

「おいおい、芥川。きみはどっちの味方なのだ」

「真実の味方さ。なにか、蛙がらみの怪異は聞いたことはないのか？」

「そんな話は、死んだばあちゃんがしてたくらいだよ。夏の夜の怪談話で、厠《かわや》に行くのが怖くなったものだ」

「そういうのに本物が入っているっていうのが河童のおじいさんの話だし、いまバッグが訴えていることではないのか」

「だから、それならそれで怪異だと目の前で説明してくれないとわからないだろと言っているのだ。きみは博覧強記《はくらんきょうき》で『芥《あくた》の川《かわ》の知識なりけり』と友人たちから言われているのだから、教えてみせてくれよ」

平行線だった。むしろ、久米はだんだん気分を悪くしてきている。

バッグが龍之介の袂《たもと》を引っ張った。耳元に口を寄せて、小声で話しかけてくる。

「あのぉ。ぼくが河童だって、教えちゃいましょうよ」

バッグは真剣な目だった。

「そこまでして信じさせたいのか」

「ぼくの覚えているのだと、ものすごく危険な怪異の前触れなんです」

龍之介は顔をしかめた。

危険な怪異と聞いて、先日のお駒を思い出す。

バッグがいなくて龍之介が対処を間違っていたら、おそらく取り殺されていただろう。

親友の久米をあのような目にみすみす遭わせるのは忍びない。

「久米が壊してしまったという祠がもとなのかな」

「たぶん」

「そんなに危険な祠だったのか」

「見たことないけど、たぶん」

「いいのだな?」

龍之介の念押しに、バッグが「はい」と真面目に答えた。

「なにをこそこそしているのだ?」と久米が訝しんでいる。

龍之介は咳払いをした。

「あー、久米。僕はきみという友人を尊敬し、とても貴重だと感謝もしている」

「なんだよ。あらたまって」

「いや。僕はいまからきみに謝らなければいけないことがあるのだ。バッグのことなのだが、知人の子を預かっていると説明したけれど、嘘なのだ」

「ほう?」と久米はかすかに目を細めた。

「バッグは知人の子ではなく——河童なのだ」

誰もしゃべらなかった。

バッグは正座して真剣に久米を見つめている。

久米もバッグを真剣に見つめていた。

ほんの一秒くらいのあいだなのだが、ひどく長く感じられる。

その長い一秒のあと、久米は啞然《あぜん》として失笑した。

「あはは。バッグが河童か。これはずいぶんかわいい河童だ」

「ほんとなんですっ」とバッグがむくれる。

「かわいいと言えば、一高に入ったときの芥川は先輩たちに人気でな。新入生で誰がもっともかわいいかという投票で、見事芥川が首位になったのだぞ」

「昔の話で混ぜっ返すな。それに先輩たちと言っても、みな男だ」

「そのかわいい顔なのに風呂に入ったら、芥川がいちばん大きくてな」

「久米」と龍之介が無駄口を止めに入る。「真面目な話をしているのだ」

「きみのイチモツも真面目だろう」

バッグが不思議そうな顔で「いち……？」と首をかしげている。

龍之介は顔が熱くなった。「バッグに変なことを教えるな。バッグも知らなくていい。

それより、バッグはほんとうに河童なのだよ」

龍之介がそう言うと、バッグがずっとかぶっていた学帽をとった。

「ほら、見てください」

とバッグが鼻息荒く頭頂部を久米に見せつけるようにした。

「頭にハゲがあるから学帽をかぶっていると言っていたが、きれいな髪ではないか」

「あ」とバッグが目を丸くした。「ぼく、いまお皿がないんだった」

「ははは。なるほど。頭にお皿をのせて河童の真似をしてくれようとしたのか。芥川よ、子供に変なことをさせるな」

「そうではないのだけど」と龍之介が頭をかく。

バッグが「ううーん」と唸って力を込めた。

頭の皿がなくてもバッグは瞳の形や手足の水かきなどを出現させて河童の姿をとることができた。それを見せようとしているのだ。

ところが——。

「……あれ？」

いくらバッグが力もうが顔を真っ赤にしようが、伸びをしようが身体を縮こまらせようが、いっこうに容姿が変わる気配はなかった。

「芥川。きみ、いたいけなバッグくんになにを教えたのだね」

と久米が残念そうな表情になる。

龍之介はバッグのかすりの着物の裾を引っ張った。

「おい。どうして変身できないのだ」

「わかんないです。うわぁぁ」

バッグ、半べそをかいている。

「なにかこう、他に河童だと証明できる方法はないのか」

「意外と難しいんですよ？　自分が怪異だって信じてもらうの」

龍之介は腕を組んで唸った。

「自分が人間であると証明してみせよ」とか「日本人であることを証明せよ」と言われたら、いったいなにをすればいいのか。

戸籍や帝国大学の証明書なども偽造できると言われたらそれまでだし、ましてやそれらなしの身体ひとつの状態で、どうしたらいいのか。

人間の証明――厄介な命題である。

ならば、怪異の証明も厄介な命題だ。

そんなことを久米に話そうとしたが、久米は「バッグを河童とは信じない」「昼間の怪異なんているはずがない」とすっかり決めつけてしまっていた。

逆ネジがかかるとはこのことだ。

そのあと、結局、いつもの文学談義になり、「芥川、きみの書くのを僕は心待ちにしているのだからな」と言い残して、久米は帰っていった。

五

バッグの記憶によると――はたしてそれがどこまで信用できるかはわからないが――久米が遭遇したような「大量の蛙が自分に襲いかかってくるのは、本格的な呪いの先触れ」だということだった。

どのような呪いかといえば、「久米の命を奪う呪い」だという。

久米の帰ったあとの自室で、龍之介は色白面長の顔をしかめた。

「久米を殺す呪いだって？」

「蛙は序の口です。次に蛇になり、その蛇がどんどん大きくなり、最後は見たことのない大蛇となって、久米さんを食べてしまうんです」

そう話すバッグ自身が震えている。

「そんな呪いをかけられるほど、久米は悪人ではないと思うのだが」

「呪いなんて、ふつうの人はやらないですよ」

「ふつうでない人から見たら、ふつうの人の久米はふつうな人に見えないということか」

「そうです」

なんだそれは。おもしろい。

もっと知りたいではないか。

龍之介は腕を組んで、大きく息を吐きながら、

「そもそも呪いってなんなんだ?」

「かんたんに言えばやきもちとか嫉妬《しっと》だって、年とった河童から聞いたことがあります」

それならわかる、と龍之介は思った。

自分もそうだが、久米は帝国大学英文学科の学生だ。帝国大学は将来国を背負う人材を教育するためにある。そこに属している久米は本人がどう思おうとエリートなのだ。帝国大学の学生というだけで一目置かれる。その立場に成り代わりたかった人は大勢いるだろうし、現に大勢の学生が帝国大学を目指していた。

しかも、久米は地方から自らを鍛え上げて一高に入り、学問で道を開いてきた男だ。東京生まれの学生たちから見れば、「地方の田舎者がしゃしゃり出て」と思っているかもしれない。それも嫉妬だろう。そんな連中に限って、ろくな努力をしていない。他人を嫉妬している暇があったら勉学に励めばいいのだ。

久米は努力精進の男だった。

龍之介はふと、京都《きょうと》帝国大学に行った菊原薫《きくはらかおる》のことを思い出した。

一高時代、たまたま借りた外套《がいとう》が他の学生から盗まれたものだったため、直接の盗難犯ではないのに、罪をかぶって菊原は除籍となった。おかげで、東京帝国大学に進学できず、

京都帝国大学への進学を余儀なくされたのである。

この事件では、一高側はげんこつの数発で不問に付し、除籍までするつもりはなかったとも噂《うわさ》で聞いたが、菊原はさっさと除籍してしまった。短気だったのだと思う。

ずっと仲良くやってきたし、文学仲間でもあるのだが、菊原にはどこか相容れないところがあった。

先の事件の短気に象徴されるような、感情、特に怒りの感情で動くようなところとその裏返しの執念深さめいたものを感じていた。

同時に苦労人でもあり、銭勘定に変に鼻がきくところが、龍之介には屈折して見えた。

学校側に内緒で賭け事をやっているという噂もあったものである。

文学談義も交わしたが、菊原の主張は平たくいえば、金になる文章を書くべきだという点に収まることが多かったように記憶している。

龍之介はそうは思わない。

金になることも大事だし、金がなければ生活できないのもそのとおりだろう。しかし、文学とは目に見えない永遠と愛と美のイデアを、言葉の形式で受肉させるものではないのか。

龍之介は、美そのものを小説に封じたいのだ。

龍之介のそのような主張を、久米は称賛し、菊原は『甘いだろ』と言った。

『大衆受けするものをたくさん書いて、金を稼ぎ、文壇での地位を確立する。そうすれば多少は言いたいことを言ってもいいさ。イエス・キリストが十字架にかかったように、きみは美の十字架にでもかかるつもりかい？　そんなことをしてもきみはキリストではないのだから、捨てられて忘れられるのがオチさ。もっと上手に生きればいいではないか。芥川のやり方では飢え死にするだけだよ』と菊原は言う。

奴なりの親切心ではあったのだろうが、龍之介の理想とは違うのだ。

菊原は先の外套事件以来、影が差すようになった。斜に構えるようになった。

もっとも、菊原が久米に呪いをかけているとはさすがに思わない。第一、菊原がどこかの行者《ぎょうしゃ》よろしく呪いをかける術を知っているわけがないからだ。

ただ、金に小うるさく、物事を斜めから見る菊原のような人間からすれば、地方出身ゆえにからりと気持ちのいい久米の成功はおもしろくないだろう。そして、「金に小うるさく、物事を斜めから見る菊原のような人間」は、残念ながらわりと多い。

龍之介はため息をついて自身の思考にひと区切りをつけると、バッグに尋ねた。

「誰が呪いをかけたか、わかったりしないか」

「わかんないです……」

とはいえ、このまま友人の危機を見過ごすわけにはいかない。

龍之介は部屋の蔵書をひっくり返した。

家にあるかぎりの古今東西の怪異譚のなかで、呪いに関する話を探していったのだ。

もっと知りたい。

いや、知らなくてはいけない。

翌日、大学は休みだったが、大学の図書館へ行き、本を漁った。

陰陽師や真言密教《しんごんみっきょう》、その日本の開祖である空海の教え、またそもそもの仏典など、片っ端から目を通していったのである。

もっともっと知りたい。

大学でざっと知識を仕入れた龍之介は、赤門《あかもん》で待たせていたバッグと合流すると、今度は上野あたりの仏具屋などを歩き回った。

きれいな紙や仏具などを入手して家に戻る。

すっかり夜である。

龍之介は夕食を早々に済ませ、借りてきた本の小さな挿絵《さしえ》を真似て、白い紙を折ったり切ったりして人型の紙を作成していた。

「折り紙ですか？」とバッグが覗き込む。

「素人の僕が作るのだから、折り紙に毛が生えたようなものなのは間違いない」

形代《かたしろ》と呼ばれるものである。

もともとは夏越しの祓《はら》いや大晦日《おおみそか》の祓いのときに、息を吹きかけたり身体にこすりつけたりして、自らの罪と心の穢《けが》れを移して清めを得るためのものだった。

つまり、形代はその人の身代わりになるのである。

龍之介はその形代に「久米正雄《まさお》」と名前を書いて、自分のシャツに入れた。ついでに丑の刻参りで使うという藁人形《わらにんぎょう》も作り、久米の名を書いた紙をねじ込む。

バッグが不思議そうに見ているので、龍之介は教えてやった。

「どちらも久米の身代わりとなるように作ってみた。さっきも言ったように素人の見よう見まねだから、どうなるかわからないけれど。これで、久米に来る呪いは、僕に向かってくるのではないかと思ってね」

バッグは険《けわ》しい表情になった。

「そんなことしたら、呪いは龍之介さんを取り殺すかもしれませんよ⁉ このまえ遭遇した『片葉の芦』で、怪異の凶暴さを見たじゃないですか」

けれども龍之介は笑って答える。

「友達だからな」

バッグが泣きそうな顔で言った。

「死んじゃうかもしれないんですよ？　人間は自分勝手で、いざとなったら友人や恋人同士でも平気で裏切ると、河童の里では聞いてます」

龍之介はバッグの頭をなでる。

「うん。人間はたしかにわがままだ。僕もこのまえの、お駒みたいなのは怖い。蛇も嫌いだ。でも、友達が危険な目に遭うとわかっているなら、そしてその対処を僕ができるなら、放っておけないと思う。久米はいい奴だからね」

「いい奴だからって……」

とバッグの目からとうとう涙がこぼれた。心配してくれている。

「怪異というのは信じていないわけではないのだけど、それでいきなり殺されてしまうと言われても、どこかぴんとこないからかもしれない。まあ、数珠《じゅず》も十字架も用意したし。

——あとはバッグがいる」

「ぼく?」と目を潤《うる》ませたバッグがきょとんとなる。「ぼく、弱いですよ? 同い年の河童と相撲を取っても負けてばかりだし」

龍之介は首を振った。

「きみは強い。お駒のときも、きみがいてくれたから僕は彼女に対処できた」

「あうぅ……」

「もう一度言う。きみは強い河童だ。そんな強い河童が僕の友達なのだ」

「ぼくなんかが……龍之介さんの友達……?」

「『なんか』ではない。自慢の友達だ」

バッグが「えへへ」と笑みを漏らした。

「きみという友達が一緒なら、なんとかなるさ」

六

翌日、龍之介は朝早めに家を出ると、久米の家のまえで彼が出てくるのを待った。あくびをしながら外に出てきた久米が、龍之介が「おはよう」と声をかけると、あくびをのみ込んでいる。

「どうしたのだ、芥川」

「なに。ここのところ、きみが僕のところに来ることが多かったから、今日は僕のほうから迎えに行こうと思ったのだ」

怪異から守るため、などと言えば、久米が反発するかもしれない。

「それはありがとう。お、バッグくんも一緒か。大学へ連れていくのか」

「赤門が気に入ったらしくてね」

龍之介は久米にぴったりくっつくように歩きだした。その龍之介にバッグがひしとしがみつくほどの近くを歩いている。

久米の話では、昨日、龍之介の家から帰るときにも蝦蟇の大群がいたという。

龍之介は緊張を隠しながら、久米と歩いた。だが、大学へ行くときにはなにもなかった。蛇も蛙も出ない。

「今日は平和でいいな」と久米がのどかに歩いている。

平和なのはよいことだ。

大学でも龍之介は久米のそばにずっといた。

憎き英文学科の授業が終わって、今日の授業がすべて終わる。

今日はこのまま帰るという久米について、龍之介も赤門を出た。バッグが合流する。

「相変わらず英文科の授業はひどいな」

と久米が愚痴《ぐち》ると、龍之介は大いに我が意を得たりとばかりに激しく同意した。

「まったくだ。僕は教師というものはきちんと敬うべきだと考えるが、英文学科は別だ。ことに主任のローレンス。あれは愚物だ。英吉利の倫敦塔《ロンドンとう》で処刑された人物の系図？　そんなもの、夏目漱石先生の『倫敦塔』を読んでいたほうが万倍も億倍も有意義だ」

「ああ。英国史の授業ではないのだからな」

「このまえは、シェイクスピアの『マクベス』のあらすじをまとめた文章だけを延々と聞かせてくれた。それのどこが学問なものか」

「先輩に聞いたのだが、試験ではシェイクスピアの『ソネット集』の初版の判型、行数、誤植数などまで問われるそうではないか」

「僕も聞いた。ディケンズが何年になにを書いたか、すべて覚えていないと答えられない問題もあるらしいな」

「どこに英『文学』があるというのだ」

バッグはふたりの少しまえを歩いている。夏のなごりの陽射しはまだ暑い。久米も龍之介も、襟元をくつろがせて下駄を鳴らしていた。

「そういえば最近はどんなのを読んでいる？」

と龍之介が聞くと、久米の声が明るくなる。

「断然、夏目漱石先生だな」

「ああ。道理でいま『倫敦塔』が出てきたはずだ。いいよな」

「夏目漱石先生が帝国大学英文科で教鞭を執ってくださったら、僕は毎回、最前列で拝聴するだろう」

すでに夏目漱石といえば、押しも押されもせぬ文豪として君臨していた。龍之介たちから見れば、東京帝国大学英文学科の大先輩でもある。

漱石は帝国大学卒業後、故郷の松山《まつやま》や熊本《くまもと》で教鞭を執ったあと英吉利に留学。帰国後に書いた『吾輩《わがはい》は猫《ねこ》である』が空前の人気となり、『倫敦塔』『坊《ぼ》っちゃん』などを立て続けに執筆した。

『三四郎《さんしろう》』『それから』などの長編をたくさん世に問うていたが、明治四十三年に療養で訪れた修善寺《しゅぜんじ》温泉で吐血し、一時危篤に陥ったという。

俗に「修善寺の大患《たいかん》」と呼ばれていた。

以後の漱石作品は「則天去私《そくてんきょし》」を理想としつつも人間のエゴイズムを深く追究していく。「修善寺の大患」後の代表作ともいえる『彼岸過迄《ひがんすぎまで》』『行人《こうじん》』『こゝろ』の三部作の、まさに『こゝろ』の連載が佳境を迎えようとしていた。

「なんでも漱石先生は、文学を志す若者が訪ねていけば親しく教えを垂れてくださると聞いたのだが」

と龍之介が含羞《がんしゅう》の表情になった。

久米も龍之介も、声に憧憬《しょうけい》の響きがこもる。

単純な憧れより、崇拝《すうはい》の念に近い。

「木曜会だな。先生がそう名乗ったわけではないが、毎日ばらばらに来客があっては執筆できぬということで木曜日に日を決めて来客対応をするようになり、木曜会と呼ばれるようになったのだ」

「久米、ずいぶん詳しいな」

すると久米は鼻の頭をかいた。「実は今度、木曜会に行ってみようかと思っている」

龍之介は思わず立ち尽くす。

「それは、久米、ほんとうなのか」

久米はにきびの残る顔に笑みをこってりとのせた。

「時季を見計らってになると思うが、今年か来年には必ずと思っている。ほんとうなら芥川も一緒にと思ったのだが、いくら漱石先生の後輩にあたる帝国大学英文科とはいえ、ふたりいっぺんに学生が行って木曜会の門下の方々にご迷惑をかけてもいけないと思って」

「無論だ」

「まずひとりで行って様子を見てくる。問題ないようなら、きみを一緒に連れていくよ」

龍之介は久米の正面に立ち、両肩を力強く摑んだ。

「ありがとう、久米。きみこそ千年の知己《ちき》と言うべき男だ」と、無邪気に笑み崩れる。

崇拝する夏目漱石のそばに近づける——夢のような話だった。

「大袈裟だな。僕に粗相《そそう》があって追い出されないことを祈っててくれ」

「久米の博識と文章力なら問題ないさ」

それに行動力。龍之介のみであれば、漱石を雲の上の人と崇《あが》めるだけで、生涯その謦咳《けいがい》に接することはできなかったかもしれない。知と勇がそろったこの友人を、ますます守らねばならぬというものだった。

「漱石先生のことは進展があったら教えるとして、芥川はなにを読んでいる？」

「このところは……ロマン・ロランかな」

呪いについて調べ、そこから仏教思想にまで手を伸ばしつつあるとは言わなかった。

ロマン・ロランに傾倒しているのは事実なので、嘘ではない。

「ほう？　ロマン・ロランはなにを？」

「どれもすばらしいが、『トルストイの生涯』は群を抜いていると思う」

龍之介がロマン・ロランを知ったのが『トルストイの生涯』だった。

ロシアの大文豪でありながら、トルストイ運動という社会改革を指導し、宗教めいた崇拝を集めながらも、もっとも身近にいた妻からは理解されず、銃で命を脅かされ、最後は凍える駅舎にて肺炎で死んでいったトルストイ。

ロマン・ロランは文学を志した無名の青年の頃にトルストイに手紙を送り、人生と芸術に関する悩みを吐露《とろ》した。

トルストイは彼に懇切丁寧《こんせつていねい》な返信で励まし、これによりロマン・ロランはトルストイを終生の師と仰ぐことになる。

「僕は未読だ。次に読んでみよう」

「おこがましいかもしれないが、僕にとって夏目漱石先生がそのような師になる予感があるのだ。たとえ直接お目にかかれなくても、きっとそうなんだ」

久米が笑った。

「まるで恋人のようだな」

「ふふ。そうかもしれない。だが、これもおこがましいことだが、先生が追いかけているものと僕が小説に書きたいと思っているものには重なるところもあるように思うのだ」

「夏目漱石先生の小説が追いかけているもの、というとエゴイズムの問題か」

漱石がいまエゴイズムの問題を考え、トルストイが妻に追われた事実が奇妙に符合するように感じるのは、ただの深読みだろうか。

「トルストイは妻のエゴイズムに悩まされたのではないかと、僕は思っている」

妻からすれば夫を愛してたくさんの子を授かり、草稿の清書などでずっと手伝ってきたのだから、夫は自分を愛するはずだと思っていただろう。

トルストイは妻を愛さなかったわけではない。愛していた。しかし、それ以上に自らを求める人々になにかを差し出したいと思っていた。

夫婦愛より隣人愛、人類愛に生きようとしたのだ。

トルストイのような人物は百年に一度、あるいは千年に一度出現する、人類を照らす百万燭光《ひゃくまんしょっこう》のシャンデリアのようなものだ。

その光は強く、人々を照らさざるを得ない。

妻ひとりが独占できるような大きさの愛の火ではなかったに違いない。

トルストイの妻はふつうの家庭であればよき妻だったかもしれない。「百万燭光」の妻など、ふつうの家庭のよき妻では務まるものではない。

芸術と人生と愛とエゴイズムの問題は、漱石とトルストイを通じて、龍之介のなかに芽生えつつあった。

それが漱石とトルストイという文壇の大先輩の姿に現れているなら、龍之介がそれらの問題と格闘して文学を作り上げるための武器も、過去の「物語」のなかにあるように思っていた。

「なかなか歯ごたえがある挑戦ではないか」と久米が感心したように言う。

「僕のなかには表したい主題がある。それを表現するために文学があって、だから僕にとっての表現は主題をもっとも適切に盛りつける型のようなところがあると思うのだが」

と龍之介が考えを述べると、久米は同意した。

「よいのではないか。やはりきみは自分だけの物語も書けるが、過去の『物語』に新しい主題を与えて復活させる力もあると思う」

「うれしいことを言ってくれる」と龍之介は笑う。「『今昔物語』でやってみようと思う」

おもしろそうだ、と久米も乗ってくれた。

バッグもにこにこしている。どうしたのかと尋ねると、「おふたりがとても楽しそうだから」と無邪気なことを言った。よい河童の童《わらべ》だ。

そんな話をしながら、久米が蝦蟇に遭遇したという田んぼの近くに来たときである。

青々と風になびく稲のなかで、妙な揺れ方をしているところがあった。

ふたりのまえを歩いていたバッグが立ち止まり、身構える。

どうした、と龍之介が問うより先に、稲を割るようにして巨大な蛇が出現した。

「な、なんだ、この蛇は」と久米が腰を抜かす。

胴回りは久米や龍之介ほどもあり、黒や黄色のうろこが蠢動《しゅんどう》していた。長い。五メートル以上はありそうだ。頭部は三角形で、バッグの腕ほどもある二又の舌をしきりに動かしていた。眼は濁った黄色。いったいどこに隠れていたのかと思うほどの大蛇だった。

その大蛇が、龍之介たちと若干のあいだをあけて左右に身を折り返しながら、鎌首をもたげる。

蒸気の漏れるような音をさせて、大蛇は口を大きく開いた。

バッグなどかんたんにひとのみされてしまいそうな大きさだ。

この世のものとは思えない。

開いた口のなかの肉色が、ぬらぬらとしていた。

龍之介は冷静だ。久米が先に腰を抜かしてしまったので、かえって腹が据わったのかもしれない。

龍之介は久米と大蛇のあいだに入ると、懐に入れていた形代と藁人形を両手に持った。

どちらにも「久米正雄」という紙が押し込められている。

「久米はこっちだ！」

大蛇が動きを止めた。口を半分閉じ、舌を激しく動かしている。久米と、龍之介が持つ形代や藁人形のあいだで鎌首をゆらゆらさせていた。

なにかを迷っている。効いているのか。

龍之介は形代を持った右手でシャツの下の十字架をあらわにし、懐の数珠を持った。

大蛇が威嚇してくる。にわかで覚えた蛇よけの呪文が頭から消えた。

「ここから出ていけ。おまえのいる場所ではないぞ」

龍之介が野良犬を追い払うように叫んだ。

その龍之介の身を案じて真っ青になっているバッグに、龍之介は「久米を連れて逃げろ」と呼びかけた。

「芥川」と久米が呻く。

「逃げろ。あと、しゃべるな。それと振り返るな」

とにかく逃げる。しゃべらないことで気配《けど》を気取られないようにするのは山の神から逃れるときだったか。振り返らないのは黄泉比良坂《よもつひらさか》でのやりとり。いろんな神話伝承がごちゃ混ぜの、やけくそ気味の対応だ。どれかが効いてくれればいいのである。

バッグに腕を引かれて、久米が走りだす。荷物をぼろぼろと落としていた。

大蛇は戸惑っている。

逃げる久米と、残る形代と藁人形の区別がついていないようだ。

そのとき、予想外のことが起こった。

『おのれ。どれが本物だ』

大蛇が人語を使ったのである。

久米が振り向いてしまった。「しゃ、しゃべったぁぁ⁉」

大蛇の黄色い眼が、久米を捉えた。

『そこにいたか。小童《こわっぱ》、よくもだましたな』

大蛇が大きく口を開く。『おまえはあとで喰ってやる』と龍之介を威嚇し、すり抜ける。

大蛇は久米を追う。逃げろ、と龍之介が叫び、大蛇のあとを走る。

追いついてもどうしていいかわからない。

わからないが追うしかない――。

久米が尻餅をつく。大蛇が来る。再び大きな口が開かれる。バッグが勇敢にも久米と大蛇のあいだに立つ。

「あぶない！」

と龍之介が叫んだときである。

龍之介の背後から何者かが走る気配があった。

首をねじ向ける。

人影だ。黒い人影。身長二メートル弱の人の影だけが走っているとでも言おうか。

別の怪異か――。

龍之介は恐怖した。大蛇と正体不明の人影。どうしたら。強風のように走る人影。跳躍。

人影はバッグを飛び越して久米に馬乗りになった。
「久米ッ」
人影が久米の首を絞める。
大蛇が叫んだ。『なめるなッ』
バッグの横をすり抜けると、大蛇は久米の首を絞めている人影に躍りかかった。
だが、相手は影だ。頭を噛まれても死なない。
久米から手を離した人影は、大蛇に向き直る。
人影が大蛇に躍りかかる。
『正雄に手は出させぬッ』
と、大蛇が反撃しようとしたときだ。
人影の頭部に三日月型の口が出現した。
三日月型の口に牙《きば》が無数に生えている。
大蛇が明らかに動揺した。
人影はそのまま大蛇の喉元に噛みつき、ねじり倒す。
大蛇はその身を激しくよじり、人影を締めあげる。
締めあげられた人影が、なんとか腕を自由にする。
その腕の先の手には長く鋭い爪が伸びている。

大蛇に爪が刺さり、食い込み、引き裂く。

大蛇の眼が光を失った。

「じょ、冗談ではないぞ」

呻く久米。人影は大蛇の締めあげから抜け出そうとしている。

バッグが悲鳴のように叫んだ。

「ぼく、間違えてた!!」

「なにがだ?」

「蝦蟇の呪いは対象を呪い殺すのではなく、『対象を守るまじない』だったんです」

なんだって、と聞き返したいが、いまは久米があぶない。

「久米、逃げろッ」

龍之介は人影の正面に回り込む。人影が大蛇から自由になる。

龍之介は持っていた藁人形を突き出した。

人影は言葉にならぬ叫びとともに、藁人形を龍之介ごと突き飛ばした。

龍之介は頭を打った。なにかが額《ひたい》を流れる感触。血だった。

その血に、バッグが龍之介より先に叫んだ。

「龍之介さんになんてことをッ」

そのときだ。バッグの身体から白い光があふれた。バッグの瞳孔が縦長にすぼまる。

河童になるのかと注視したが、バッグの手足は人間のままだ。くちばしも生えていないし、皿も当然ない。

けれども、バッグはそんなことを意に介すふうもない。

意外なふうもない。

それだけかんかんに怒っていたのだ。

そのバッグの厳しく怖い目に、人影がたじろいだ。

まだほんの子供のバッグが、自分より遙《はる》かに背の高い人影を殴りつけた。

人影が殴り飛ばされる。駒のように回りながら近くの木に激突した。

どこにそんな力があるのかというほどの力だった。

バッグは人影に躍りかかり、拳《こぶし》を何度も振るった。

拳。拳。拳——。

バッグは黒い人影を撃退した。

七

久米が荒い息をしていた。

大蛇も人影も、もういない。

夢か幻かとはこのことだ。

「ひどい目に遭った」

と龍之介が道端に座り込む。手ぬぐいを出して、額を押さえた。

「うわーん。龍之介さーん」とバッグが大泣きしながら抱きつく。先ほどの鬼神の如き格闘が嘘のようだった。

「あれはいったいなんだったんだ」と久米が呆然としている。

首にしがみついて泣きじゃくるバッグの背中をとんとんしてやりながら、「あれが怪異だ」と龍之介が言う。

「認めよう」と言った久米が、四つん這いでこちらにやってきた。「怪我、大丈夫か」

「ああ。久米は？」

「大丈夫だ。それより、僕のせいで」

「気にするな。すぐ止まる」

「そうは言っても――おや？」

と久米が少し離れた地面――ちょうど大蛇の腹があったあたりに、なにかを見つけた。

古びた柘植《つげ》の櫛だ。

「きみのか」と龍之介。

「これ、このまえ祠で躓いた夜に落とした櫛だ」

「女物……だが、ずいぶん年季が入っているな」

「ああ。死んだばあさんの櫛でな。僕が一高にあがるときに、『お守り代わりに肌身離さず持ってなさい』と言って」

「そういえば、おばあさんから怪異の話を聞いたことがあるようなことを言っていたが」

と龍之介が指摘すると、久米は櫛を手に遠い目をした。

「うちのばあさん、僕が風邪を引いたときとかにお祈りとかしてくれてたんだよ。もともとそういう土地柄だったみたいで、近所で犬神《いぬがみ》に憑かれた人がいるとかって話が出たりもしたのだった」

「おばあさんは犬神祓いとかも……?」

「そこまでは覚えていないなあ」

泣き止んだバッグが、その櫛を見つめた。

「おばあさん、すごい霊能の持ち主だったと思います。この櫛には、とても強力な護りの力を感じますから」

「そうなのか」

「自分がそばにいなくても孫をしっかり護ってあげたいという願いが込められています。あの蝦蟇も大蛇も、ただの怪異ではなくて、おばあさんが孫である久米さんの身に、霊的な万が一があったときのためのお守りだったんですよ」

「うちのばあさんが、そんなことを……。僕はもうこんなに大きくなったのに」

龍之介が久米の肩をたたいた。

「おばあさんにとっては、いつまでもかわいい孫なのさ」

するとと久米は、「大きくなって怪異を信じなくなってしまっているのだから、世話ないよな」と、ほろ苦いような笑みを見せた。

「あの黒い人影みたいなもののほうが、悪いヤツだったのだろうな」

「たぶん、久米さんが躓いてうっかり壊してしまった祠の主だと思います」

久米は肩をすくめた。

「怪異がいることは認めるよ。こうして、わかるものについては」

「壊した祠、ちゃんと直しとけよ」

「そうだったな。ははは」と笑った久米が、とても重要なことを思い出した。「今度田舎に帰ったときには、ばあさんの墓参りをしてお礼を言わないとな」

その後、バッグと龍之介は久米を送ってから——もうなにもないだろうと思ったが、念のためだ——家に戻ったのである。

家の玄関の戸に手をかけ、龍之介が言った。

「バッグ」

「はい」

「人の心は怪異を生むし、怪異から守る力にもなる。人を愛する気持ちも湧《わ》いてくれば、エゴイズムも滲み出してくる。なんでこんな不思議なものがあるのだ?」

「ええーっと……」

バッグが答えに窮する。

だが、答えはいらなかった。

答えは、いまから自分で探しに行く。書いていく。

龍之介は文机にあぐらをかき、『今昔物語』をあらためて広げた。

いくつかの話を読んでいく。

どれだ。

どれが本物の怪異の話なのだ——。

夏の終わりの遠雷《えんらい》が聞こえた気がした。

そのとき、ガラス戸を何者かが激しくたたく音が聞こえたのである。

第三章　夏目漱石《なつめそうせき》の秘密

一

龍之介《りゅうのすけ》は自分の部屋で乱暴に仰向けになった。

まわりには、書き損じて丸めて捨てられた原稿用紙がいくつも転がっている。

胸の鼓動が収まらない。

「は、ははは。ははは――」

自然に笑いがこみあげた。

すっかり寒くなってきた部屋の、火鉢が熱すぎる。

そばで『幼年雑誌』の絵を眺めていたバッグが、ぎょっとなった。

「あのぉ。龍之介さん？　このところあまり寝ていないようでしたけど、とうとう――」

龍之介は勢いよく上体を起こした。

「そうだ！　とうとうできたんだ！」

急に大声を出されて、バッグが「うわああ」とひっくり返りそうになる。

もうすぐ冬という冷え込んだ日の朝、龍之介は取り組んでいた小説を書き上げた。

「羅生門《らしょうもん》」――『今昔物語』に取材した小説である。

細かくいうと、『今昔物語集』の本朝世俗部巻二十九「羅城門登上層見死人盗人語《らせいもんのうはこしにのぼりてしにんをみるぬすびとのこと》第十八」をもとに、巻三十一「太刀帯陣賣魚嫗語《たてはきのじんにさかなをうるおうなのこと》第三十一」の内容を加味して書いた。

羅生門とは、平安京《へいあんきょう》の南端を守っていた「羅城門」から取っている。

これらからわかるとおり、舞台は平安時代頃を想定していた。

『ある日の暮方のことである。一人の下人が、羅生門の下で雨やみを待っていた。』

主人公の下人が仕事を首になって途方に暮れている。

『どうにもならないことを、どうにかするためには、手段を選んでいる遑《いとま》はない。選んでいれば、築土《ついじ》の下か、道ばたの土の上で、饑死《うえじに》をするばかりである。そうして、この門の上へ持って来て、犬のように棄《す》てられてしまうばかりである。』

『下人は、手段を選ばないという事を肯定しながらも、この「すれば」のかたをつけるために、当然、その後に来るべき「盗人《ぬすびと》になるよりほかに仕方がない」ということを、積極的に肯定するだけの、勇気が出ずにいたのである。』

下人は雨宿りに侵入した羅生門の二階で、死体から盗みを働く老婆に出会う。

老婆の悪事に憤りを覚える下人だったが、生きるためにはしかたがないという老婆の言い分に、盗みは生きるうえでの必要悪と考えを変える。

『では、己《おれ》が引剝《ひばぎ》をしようと恨むまいな。己もそうしなければ、饑死をする体なのだ』

下人は老婆から着物を盗んで去っていく。

『下人は、既に、雨を冒して、京都の町へ強盗を働きに急ぎつゝあった。』

生きていくために悪を犯す勇気を、しかたがないこととして受け入れてしまった下人は、この雨のなかこそ好機として次の悪事へと急いで行く後ろ姿で、物語は終わる――。

「お疲れさまです」

とバッグがちょこんとお辞儀をした。

「ああ、疲れたよ。これまでいくつか短編を書いてきたが、こんなに疲れたのは初めてだ。だが、いまは爽快《そうかい》だよ」

「最中、どうぞ」

と、バッグが手もとに残っていた自分のぶんの最中をくれた。

「ありがとう」皮はとうにしんなりしていたが、餡の甘味が疲れた頭に沁《し》みるようだった。

「お茶は――」とバッグが立とうとするのを止める。

「ああ、この冷めたのでいい。最中、ありがとう。生き返るよ。バッグにもだいぶ世話になった」

「えへへ」

バッグがうれしそうにした。

お世辞ではない。ほんとうに世話になっていた。甘いものを持ってきたりとか、ご飯を運んでくれたりとか。

ちなみに、塚本文《つかもとふみ》も甘いものを差し入れで持ってきてくれた。来るたびに、バッグが生あたたかい目で出迎え、「また来た。お邪魔虫」などと言うものだから、すぐに舌戦が始まる。「あんたこそ、芥川《あくたがわ》さんの邪魔をしたら許さないんだから」

「偉そうなことを言うな、世話焼き女房気取り」

「にょ、女房だなんて……」と文が照れたりする。

とはいえ、龍之介が執筆に力を入れている期間だというのはわかってくれたようで、こちらからなにか言うまえに切り上げてくれたのは助かった。それに、どういう仕組みか知らないが、互いに差し入れてくれる甘味が重ならないのはありがたかった。とはいえ、バッグが女中からもらった甘いものと、文の差し入れのどちらを先に食べるかは、微妙な問題でもあったのだが……。

バッグの役目はそれだけではなかった。

「執筆の途中、疲れるどころか憑かれそうになってあぶなかったものな」

以前から目論んでいたように、龍之介はこの一作に吉田弥生《よしだやよい》との失恋の傷を封じた。正しくは、失恋によって突きつけられたエゴイズムの愛との格闘を封じたのだ。

そのためには本物の怪異の物語を探さねばならなかった。

それは、『今昔物語』を何度も繰り返して読み込んでいたときに、まず現れた。

蟋蟀《こおろぎ》が一匹だけが鳴いている夜、龍之介が文机に向かっていたときだ。

どんどんどんどん――。

突如、窓ガラスをたたく音がしたのだ。

遠雷はするが、雨はまだだ。風にしては強すぎる。

龍之介は心臓が止まるかと思うほどに驚いた。

「なんだ⁉」

問うが答えはない。

バッグは折悪しく、熟睡していた。

すると、再び窓ガラスをたたく音がした。

どんどんどんどんどんどんどんどん。

鳥肌が立った。

龍之介が窓の様子を確かめに、立ち上がったときだった。

窓ガラスに男がへばりついていた。

うわ、と思わず尻餅をつきそうになる。

男は見開いた目をらんらんとさせ、『己は鬼にやあらむ』と龍之介に叫んだ。

崩れた烏帽子《えぼし》に山吹《やまぶき》の汗衫《かざみ》、手には聖柄《ひじりつか》の太刀《たち》を握っている。乱れた髪とぼうぼうの髭《ひげ》が汚らしい。

「誰だ⁉」

『己こそ何奴』

話にならない。そのとき、思い出した。ここは二階。あの男は宙に浮いていることになる。――怪異、決定だ。

「おい、バッグ！　起きろ。起きてくれっ」

叫んで揺すると、バッグが「うーん」と伸びをした。むくりと起き上がったが、まだ目が開いていない。

「ねむい……」

「眠いではない。バッグ。『今昔物語』を読んでいたら、なんか出てきたぞ」

「ふあああ……。じゃあ、そのお話がやっぱり〝当たり〟だったんだ。よかった……」

「よくないっ。寝るなっ。このままではあいつは――羅城門の盗人が部屋に押し入ってくるぞ」

言い終わるか終わらないかのときだった。

激しい音を立てさせて、男――羅城門の盗人はガラス戸を太刀で割ったのだ。

「うわあああ」

バッグが悲鳴をあげて、手足をばたばたさせた。

そのあいだに、羅城門の盗人がのっそりと部屋に入ってくる。

『珍しい着物だ。売ればどのくらいになろうか』と、龍之介を値踏みしていた。

「バッグ。虫や鳥の怪異を追い払うように追い払ってくれ」

「ひいいぃ。怖いですよぉ」

寝起きで衝撃を受けたバッグは冷静さを失っている。

こうなれば、自分がやるしかないのか。

「おい、おまえ。僕はおまえを小説の形にまとめてやろうとしているのだ。そうしたら、満足するか」

『しょうせつ？　米と魚のほうがよいわ』

羅城門の盗人は太刀を振り上げ、振り下ろした。

龍之介、すんでのところで避ける。

「話し合いが通じない……。どうすれば」

身体を起こそうとした龍之介が、文机にあった書物を崩してしまった。

何冊かの本が畳に落ち、開く。

羅城門の盗人の目がそちらに向き、次の瞬間、予想しなかったことが起こった。

『ぎゃあああッ。なんだこれはッ。まぶしいッ』

呻きながら、羅城門の盗人が太刀を取り落とし、両手で顔を覆ってのたうちはじめたのである。

いったいなにがあったのか。

バッグはぶるぶる震えて龍之介にしがみついているだけだ。

羅城門の盗人の様子を確かめようとして、龍之介は開いている本のひとつに気づいた。

「『聖書』……？」

文机にあった『聖書』が落ち、ちょうどイエスの説法の箇所が開いていたのだ。

龍之介は、羅城門の盗人を警戒しながら、ゆっくりと『聖書』を引き寄せた。

「『幸福なるかな、心の清き者。その人は神を見ん。』――」

イエスの言葉を読み上げると、羅城門の盗人は悲鳴をあげて今度は両耳を塞いだ。

『頭が割れそうだ。嫌だ。聞きたくない。やめてくれッ』

羅城門の盗人は背を丸めて苦しんでいる。

「西洋の神の言葉でも、効くのか……？」

発見だった。以前から、『聖書』の内容には東洋人の自分であっても理解できる真理と教えがあると思っていたが、羅城門の怪異にも効くとは思わなかった。

本式のカソリックの司祭ともなれば、『聖書』を用いての悪魔祓いもするのだが、いまの龍之介はそこまでは知らない。

『聖書』の言葉で心が落ち着いたのか、バッグが教えてくれた。

「ほんとうの神さま仏さまの言葉なら、悪い怪異は苦手に決まってます」

結局、龍之介は脅したり、『聖書』の言葉を読み上げたりして、羅城門の盗人を部屋から追い出した。

羅城門の盗人がいなくなってみれば、割れたはずの窓ガラスは無傷だった。

「よし——この〝羅城門〟で行くぞ」

龍之介は決意した。

羅城門の盗人の怪異はその後もたびたびやってきた。ときには羅城門にいた媼《おうな》の怪異が出たり、蛇を魚と偽って売っていた女の怪異が出てきたりした。

他にも、執筆をしはじめてしばらくすると、有象無象《うぞうむぞう》の怪異が邪魔をしに忍び寄ってきたのである。白い靄《もや》のようなものや人影のようなもの、烏のようなもの、蛇に蛙など……。そのたびに、あるいはバッグが先日のように怪異どもを殴り飛ばし、あるいは龍之介が『聖書』を読み上げ、撃退しては執筆を続けたのである。

それらの怪異を、龍之介は「エゴイズム」を主題とした小説の形式に、筆の力でねじ伏せたつもりである。

「こんなに何度も怪異が来るとは思わなかったです」

「まったくだ」

だが、盗人たち以外の有象無象の怪異は、やはり「失恋」と「エゴイズムの愛」との狭間《はざま》にあった龍之介の心が呼び寄せた怪異なのだろうか。

お駒《こま》は自分自身が怪異になっていたから、お駒の心からは新しい怪異が生まれなかったのは幸いだったと思う。

「でも、ぜんぶがぜんぶ、龍之介さんの心から生まれたんじゃないと思います」

「なんだって？」

「あの『こんにゃくものがたり』のなかにいた怪異ですよ。あの下人とか、おばあちゃんは」

「ふむ……？　では『今昔物語』自体に怪異がいた、ということか」

「本は本なんですけど、なんて言ったらいいか、通じてるというか——どう言えばいいか、わかんない……」

「難しいか」

「あうぅ……」

龍之介は窓を開けた。冷たい空気が室内になだれ込む。

「すっかり寒くなったな」

「……人間って、神さまが自分に似せて創ったたってそういうことなんですね」

「え？」

がんばったのか、バッグがまたしても年に似合わぬ難しい言葉を放った。

「神さまは思いで世界を創ったって。だから、人間も神さまと同じで心に思うことがなにかを創り出す——里で聞いた話です」

おもしろい。もっと知りたい。

「きみたち河童も、人間の心が創り出したものなのか？」

「いいえ。ぼくたちも神さまに創られました」

「バッグが言っている〝神さま〟というのは、河童のおじいさんが言っていたお釈迦《しゃか》さまとは違うのか？」

「一緒です。ぼくたちから見たら、お釈迦さまは世界を創った神さまと同じです」

これ以上は、龍之介にもバッグにも難しくなりそうだからやめておこう。

とにかく、龍之介は「羅生門」に、『今昔物語』の怪異だけではなく人間のエゴイズムを——自分の心から生まれた苦悩を——封じた。

「羅生門」は、龍之介の渾身《こんしん》の一作となったのだ。


龍之介とバッグが朝ご飯を食べ終わった頃、久米《くめ》が尋ねてきた。龍之介が小説を書き上げたことを告げると、久米は待ってましたとばかりに読みたがった。

「芥川、いや柳川隆之介《やながわりゅうのすけ》の新作だ。ぜひ読ませてくれ」

「やながわ……?」

とバッグが小首をかしげた。

「僕の筆名《ひつめい》だ。筆名を決めるときに、北原白秋《きたはらはくしゅう》という小説家に憧れていてね。『柳川』は北原白秋先生の故郷である福岡《ふくおか》の柳川から、『隆之介』の『隆』は先生の本名である隆吉《りゅうきち》から拝借した」

「なんかかっこいいですね」

そのあいだに、久米は「羅生門」の原稿を読み進めていた。

下から茶を持ってきたが、久米はそれにも気づかない様子で没頭している。

読み終わった久米は原稿をまとめ、大きくため息をついて天を仰いだ。

「どうだったろうか……？」

と龍之介が尋ねた。どうにも緊張する。

龍之介に首を戻した久米は、にやりとした。

「実におもしろい」

「――そうか」

龍之介が安堵《あんど》する。

文章を読んで、怪異が暴走するようなこともなかったようだ。

「きみはほんとうにすごい才能だ」と久米が称賛する。「この『羅生門』、下人と老婆がいまにも原稿から這い出してきそうではないか」

龍之介とバッグはぎょっとなって顔を見合った。

「そら恐ろしいことを言うなよ」

「それだけすばらしいということだ」

龍之介はバッグに小声で尋ねた。「下人たちの怪異、這い出してきたりしないよな？」

「大丈夫、だと思いますけど……」

もし暴走するなら、『今昔物語』が現在まで伝わってくるあいだに、とっくに暴走していただろうから、安心していいと思うのだが……。

「これ、出すのだろ?」と、なにも気にしていないふうな久米が質問した。

「ああ。そうだな」

「『帝国文学』に出してみたらどうだ」

『帝国文学』は、東京帝国大学文科大学関係者による「帝国文学会」の機関誌である。日本文学の個性を追求した雑誌で、夏目漱石の小説も載せたことがあった。

「いいのかな?」

「いいに決まっているではないか。若き天才・柳川隆之介の玉稿《ぎょっこう》だぞ」

「だから、そんなに持ち上げるなって」

お茶を用意する。大福があったので、失敬してきた。

久米は茶をすすりながら、「羅生門」について細かな質問をしてくる。龍之介はそれらに面はゆい気持ちで丁寧に答えていたが、大福をひとつ腹に収めると話題を変えた。

「僕はこの作品で人間のエゴイズムについて考えて書いたのだけど、たくさんの書物を読み返して参考にもした」

「やはり、同じエゴイズムの問題を扱う夏目漱石先生の小説か」

「それもあるが、エゴイズムの対極を知りたくて読んだ仏典や『聖書』が効いた」

悪しき怪異への対抗手段として『聖書』が効いたという意味合いもあるのだが、それは久米にはわかるまい。

だが、それ以上に主題と小説の深化に、仏典や『聖書』が力を発揮したのは事実だった。

久米も大福をほおばる。

「人類の罪を一身に背負って十字架にかかる。イエスの十字架はエゴイズムの対極だな」

「イエスの生涯は、どんなに求めても愛は肉体には存在しないと教えていると思った。愛は肉体的官能ではなく、精神と心のなかにあるのではないのかとね」

だからきっと、吉原の官能では心底からは癒やされなかった。

文机には「羅生門」の参考のために用意した幾冊かの本がまだ並んでいる。『今昔物語』はもちろん、いま触れている『聖書』もあった。

現在の西洋思想と西洋文学の根幹のひとつであり、ゆえに日本の文学者たちも「文学」なるものの理解をするために『聖書』と基督教《キリストきょう》思想を学ぶのは、ある種の流行のようなものでもあった。

龍之介は『聖書』を手に取った。

今回、あらためて読んでみて、以前と捉え方がだいぶ変わっている自分を発見したのも収穫だった。怪異との対決のために読み上げてみたのはよかった。声に出してみるとなおさら感じ方が違う。以前の自分が、よいと思って印をつけていたところなのに、どうして印をつけたのかがさっぱりわからなかったり、逆にいままで読み飛ばしていたところに激しく心を揺さぶられたりする。そこには肉体の欲望では得られない幸福があった。

冷めてしまえば、官能の喜びなど空しいものだった。

黒い表紙の、欧米から来た神の声とそれを伝える者たちの書。

だがそれは、不信と迫害に耐えながら生きた〝惨めな者たち〟の伝記でもあった。

「『聖書』は人類最大の悲劇であり――人間のエゴイズムの愚かさの書だよ」

「そうだな。だからこそ、信仰の美しさが際立つのだろうけど」と久米がため息まじりに評する。

神よ、この苦しみと迫害と悲しみが信仰の試みなのですか。

神よ、けれども私はあなたを信じます。

すべてを御手《みて》に委ねます――。

信仰者たちの絶望のなかの希望の叫び、「涙の谷」を血と涙を流して超え、神の御許にたどり着く人々の祈りは、仏教徒の端くれだと自認している龍之介にも深い感動を与えてくれるものだった。

その感動は、悪しき怪異たちが持てぬものだった。

「そんな美しさを持てるのが人間の心であり、それをあざ笑う醜さもまた人間の心から生まれる。人の心はそれ自体が天使にも怪異にもなれるのだろうな」

「天使にも怪異にも、か。芥川、きみは詩人としてもやっていけるのではないか」

「まさか」と龍之介は笑って、「最高の詩人はイエス・キリストだよ」

「ほう」

茨《いばら》の冠をかぶり、十字架にかかった救い主。

官能と姦淫《かんいん》の罪にあった女を責める人々に「汝《なんじ》らの内にて罪なき者のみ、この女を石にて打て」と言い、「私もあなたを打たない。行って、二度とするな」と許した方。

「心貧しき者は幸いである。神の国は汝らのものなれば」と告げた方。

自らを磔刑《たっけい》にした者たちのために、「父よ、彼らをお許しください」と祈った方——。

その方の素顔に、もっと近づきたい。

「あのように生きろと言われて、できるものではない。イエスの言葉はすべてが詩編の美しさがあり、美しいだけではなく、人の心を打った」

「だが、十字架にかかった」

「そこに人間のエゴイズムの悲劇が凝縮されている。イエスや使徒や信仰者たちの涙に比べれば、僕の人生の悲哀などものの数ではないと思ったよ」

日本人の龍之介には、キリストの顔はよくわからない。心に描いたキリストの顔は、どういうわけか釈迦大如来といつも二重写しになっていた。

久米は龍之介から『聖書』を受け取り、ぱらぱらと眺めている。

「『聖書』で基督教を学び、『今昔物語』で仏教説話に触れる。まえから言っていたではないか。きっときみは『今昔物語』に取材して、そこにある物語を奪胎換骨《だったいかんこつ》していまに甦らせるところから、文学の美にたどり着けるのではないか、とね」

「はは。そこまで思い上がってはいけないよ。僕の文学がキリストの言葉のように千九百年も残るなんて思ってはいない。だが、美は摑み取り——小説に封じたいね」

「それでこそ、芥川だ」

龍之介は思い出したようにあくびをして、

「三年になって、授業を適当に出席しながら小説を書けるようになったのは有り難い」

久米が苦笑した。

「はは。やはりきみは、根っからの文学者——いや、河童のじいさんによれば〝文豪〟だったな」

「ふん」と龍之介は鼻を鳴らし、「羅生門」の原稿に目を落とす。

どうか、これが文学者としての自分の飛躍につながりますように。

龍之介は原稿用紙をそっとなでた。

二

十二月になった。

「東京も今年は冷えるな」

と、久米が外套のまえをぴたりと閉じ、肩を怒らせて歩いている。

龍之介のほうは周りをきょろきょろしながら下駄を鳴らしていた。

「あまりこちらに来ないから、風景が珍しくていい」

場所は牛込区《うしごめく》（現・新宿区）早稲田《わせだ》。大隈重信《おおくましげのぶ》が建てた東京専門学校改め早稲田大学のあるところだから、東京帝国大学の久米や龍之介はあまり縁がない。

その名のとおり、刈り入れ終わった灰色の田がずっと広がっていた。

寂寥《せきりょう》としながら、どこか心を動かされる。

「ああ、寒い。そんなに珍しいかね。吉原よりも珍しいか」

と久米が軽口をたたいた。少しからかいの色がある。

「三界《さんがい》は唯心の所見。心ひとつで極楽にも地獄にも見えるものさ」

と龍之介は首をすくめた。

「さすがだね」

「もしかして、吉原に行ってみたいのか」

「文学的興味はあるさ」

「はっきり興味があると言え」

「それでは興ざめだ」

「興ざめでもなんでも、官能は海水と一緒でのめばのむほど喉が渇くものさ。釈迦大如来が渇愛《タンハー》と説かれたとおりだよ」

バッグもあたりの景色をもの珍しげに「うわあぁ」と、きょろきょろしている。そんな様子を見ていると微笑ましく思うのだが、ふとした拍子に心がどこか落ち込んでしまう。

理由は、あった。

久米が「あー」と声を発する。

「芥川が『帝国文学』に載せた『羅生門』、僕はやっぱりよかったと思うよ」

との久米の言葉に、龍之介は微苦笑を浮かべた。

「ありがとう。僕もがんばったと思っている。だが、評判はなしのつぶてだ」

「作者が力作だと思うものほど、世間は理解してくれない。天才なんてそんなものさ。『容れられずして、その大なるを知る』だよ」

気を遣わせてしまっていて、申し訳ない……。

すぐ向こうを、路面電車が走っていく。バッグが「おー」と歓声をあげる。

負け惜しみではなく、龍之介は『羅生門』を書いてよかったと思っていた。

下人が達した「盗みが必要悪」という心境はひどい話だが、人が生きるうえでのエゴイズムの問題である。

このエゴイズムとは、吉田弥生との恋が破れたときに苦しんだ「エゴイズムのない愛はあるのか」という問いから連なるものだったが、執筆の最中《さいちゅう》に怪異たちが現れたということはもっと奥深い問題だったのだといまは思っていた。

久米が示してくれた『今昔物語』の形式でエゴイズムの問題を追究し、現在の自分の境地をきちんと書き表せたのが、ひとつの安心立命《あんじんりゅうめい》になっている。

書き上げてみて、このエゴイズムの問題は「羅生門」という短編で収まりきらぬことがよくわかった。

思えば、トルストイの生涯に横たわっていたのも、この問題かもしれないのだ。

愛、エゴイズム、芸術、人生。

平安時代の、ところどころ丹塗《にぬ》りのはげた丸柱の、蟋蟀の一匹しかいない雨の羅生門にうごめいている。

書き上げたとき、身内が震えた。

僕が目指すべきはここにある。

だが、それは星のように遠く光り、雨の日の路面電車の電線のスパークのようにきらめいているばかりだ。

だが、それを手に入れたい。

吉原の官能などでは決して手にできないそれを。

龍之介にとって、羅生門は死と再生の門となっていた。

だからこそ、今回一作だけですべてを小説の神髄《しんずい》部分を封じきったかどうかは、日を追うごとに疑問になっていた。

「『羅生門』はエゴイズムの問題を取り上げていたのだろ? エゴイズムといえば、いまの文壇でもっとも突き詰めているのは夏目漱石先生。必ずや夏目漱石先生の木曜会には行ってみたいと僕は思っていたし、あの『羅生門』を読んだいま、まず僕ひとりが行ってみて、という気持ちではなくなった」

「それは恩に着るが」

そういうわけで、久米は夏目漱石の木曜会に、初めてにもかかわらず龍之介を同行させてくれたのである。

あの夏目漱石に会える。

総理大臣に会うよりも、英国国王に会うよりも、龍之介の胸は高鳴った。

「羅生門」の反響がまったくない状況で会うのは、心苦しい。

とはいえ、怪異を封じた小説が反響を取ってしまってもいいのだろうかと、いまさらながらに思ったりもする。

「ははは。恩に着ると思うなら今度なにか奢ってくれ」

「それなら僕が浅草の梅園に連れていってやろう。あそこの汁粉は絶品だぞ」と龍之介も久米に軽口をたたいたが、ふと声を落として、「ところで、夏目先生は僕の『羅生門』を読んでくれてたりするだろうか」

すると、久米が小さく首を振った。

「正直に言って、わからん。夏目先生が何を読んでるかなんて、僕も知りたいくらいだ。『帝国文学』は読んでいるとは思うけれど」

「そうだよな」

龍之介は少し落胆した。

おそらく読んでいるだろうと思うのだが、確かめるのは恐ろしい。「『帝国文学』は読んでいるが、そんな作品があっただろうか」などと言われたら、その場で死んでしまうかもしれない。

「そんなに気になるなら自分で聞いてみればいい。それで読んでなかったら、売り込めばいいではないか」

「そんなことできるわけないだろ」

憧れの漱石に「自分の渾身の一作だから読んでくれ」なんて言えるなら、さっさと自分で夏目漱石邸を訪ねている。

漱石の邸《やしき》が遠くに見えてきた。

あそこに、夏目漱石がいるのだ。そう思うと、胸が妙に熱くなった。

久米が笑う。「芥川の頬が赤い。まるで恋人に会うかのようだ」

「へ、変なことを言うな」

久米がバッグに小指を立て見せて、「なにちゃんと言ったかな。芥川の新しいこれは」とからかうように聞いた。

「『これ』?」とバッグが目をぱちくりさせている。

龍之介は顔が熱くなった。「バッグに変なことを聞くな」

「変なことではあるまい。ひとつの恋が終わり、次の恋が始まった。実にめでたい」

「そういうわけではない」

「で、なんといったかな? 本郷のお嬢さん。『羅生門』を書くときにも差し入れをしてくれたのだろ?」

龍之介は憮然《ぶぜん》とした顔で答える。

「塚本文だ」

文の名前が出て、バッグが憮然とした。

「その塚本文さんは、亡くなったお父さんが海軍少佐だったか? その葬儀で、日露戦争でバルチック艦隊を打ち破った東郷平八郎元帥《とうごうへいはちろうげんすい》に抱っこされたり、秋山真之参謀《あきやまさねゆきさんぼう》からピアノを勧められたりしたのだったよな?」

詳しいな、と龍之介が目を見張ると、「ぜんぶ、芥川がぺらぺらとしゃべったのではないか」と久米が笑っている。失言、ここに極まれり。龍之介はいたたまれない気持ちになっている。「急に知り合ったわけではない。僕は彼女が七歳のときから知っている。家が近かったからな」と反論しておく。

「その女、好きじゃありません」

とバッグが不機嫌を隠そうともせずに言った。

「はは。持てる男はつらいな、芥川」

「妙なことを言うな」

そんなふうに言われると、文のことを意識してしまうではないか。

昔、本所で龍之介と一緒に遊んでいた頃と比べて、文は美しく育った。

こういってはいけないと思うのだが、文には以前憧れた弥生のような華々しさ――知識や金や、そういったものは、ない。

だが、素朴で飾らないかわいらしさがあった。

今日も、ほんとうをいうと文も来たがったのだ。

文芸の知識の乏《とぼ》しい文であっても逢いたがるほどに夏目漱石は流行作家なのだが、さすがにそれは憚《はばか》られたので置いてきた。

自分がダメならバッグも待っているのだろうと文は口を尖《とが》らせたのだが、バッグはいつどこでどのように役立つか――あるいはぼろを出すか、龍之介にもわからないので、連れてきたという次第だった。

「芥川よ、結婚するなら穏やかでやさしくて安心できる女性がよいぞ」

「久米。したり顔でそんなことを言うが、きみだって結婚なんてしてないではないか」

龍之介が指摘すると、久米はからからと笑った。

三

早稲田の漱石の邸は「漱石山房《さんぼう》」と呼ばれていた。

「山房」とは書斎の意味である。

漱石山房の玄関は格子戸だった。

左右に垣があり、右の垣には蔦《つた》植物が生い茂っている。左の垣は竹垣で、上や横や下から樹木が身を乗り出していた。

ごく落ち着いた、よい邸に見えた。

龍之介はその玄関と、自分の小説に描いた羅生門がどういうわけか、重なって見えていた。

生々しく、生きていく苦しみと悲しみとエゴイズムが、うち捨てられた死体とともにこもっている羅生門は、賢《さか》しらを捨て去った——まさに漱石が大患の末にたどり着いた「則天去私」の思想を体現したような玄関の、簡素な美に到底及ばぬと思った。

同時に、龍之介には、漱石山房の玄関が羅生門よりも遙かに厳しい、閻魔庁の入り口のようにも思える。

どんな挨拶をしてどのように入ったか、とんと覚えていない。

玄関先に黒猫がいて、「にゃあお」と鳴いたように思う。

気がつけば、書斎の片隅にいた。

高浜虚子《たかはまきょし》ら大勢の門人——漱石自身が弟子を取ってはいないが——が、おびただしい書物の書斎で、本の山をぬうようにしながら漱石をぐるりと囲んでいる。

それらの門人の向こうに、漱石が見えた。

夏目漱石という人は、ほんとうにいたのか……。

龍之介は感動していた。

短く刈り上げ、向かって右で折り目正しく分けられた髪。毛筆で書いたような眉と髭。肌は白い。耳と鼻は男らしく整っていた。龍之介の視線を特別に吸い寄せたのは、その目だ。玉のように澄んで輝いている。ちょっとふつうの女性たちよりもきれいなくらいだった。額や目のまわりにはややしわが寄っていたが、漱石が大病後であることや年齢を考えれば、むしろ若々しいほどだ。

自分と同じ着物姿なのがうれしかった。

文机の上には灰皿があり、急須《きゅうす》があり、辞書がある。横に火鉢があった。天井板に小さな鼠《ねずみ》の穴まであった。

夏目漱石が、いる。

瞬きも忘れて見つめれば、視界は徐々に白くなった。目の乾きだけとは思えない。漱石が如来菩薩《ぼさつ》の如き後光を発しているように感じられた。

漱石も見たいが、漱石の書斎の蔵書も見たい。

横目でちらちらしながら、自分が読んだ本を見つければうれしかったし、漱石の近くに読んでいない本を見つければ頭のなかに題名を刻み込んだ。

マズい。もっと知りたい。

和やかな談笑。だが、それらが自然に文学の話になり、芸術の話になり、美になっていくのが夢のようで、ある種の知的快感を覚えていた。

「先生、今日は機嫌がいい」

と、そばにいた門人のひとりが小声で教えてくれた。

「そうなのですか」

と龍之介も小声で聞き返す。

「ああ。先生、結構な癇癪《かんしゃく》持ちでね。ほら、胃腸が悪いだろ?」

「そうなのですか」

「お子さんが幼い頃は急に怒りだして子供の頬を張ったり、いまでもいきなり奥さんの髪を引っ張り回したりするとか……」

恐ろしい。だが、文章を書いている龍之介にもわからないではない気持ちもあった。よい文章が思いつかないとき、あるいはよい文章が思いついても頭と手が追いつかないとき、爆発したくなることがある。小説家というのはそのような性質を抱えた、ちょっとした爆弾なのだ。

龍之介は一介の帝国大学の学生である自分が、漱石のそのような気質を理解できる気持ちに驚いていた。

少し突き放してみれば、そんな自分だから「美も怪異も小説に封じてしまいたい」などと考えてしまうのだろうが……。

夏目漱石という人間を、もっと知りたい。

その漱石が笑いを軽く収めると、首を伸ばすようにして、こちらを見てくれた。

「きみたちは今日初めてだったね。たしか、芥川龍之介くんと久米正雄《まさお》くん」

はい、と龍之介と久米が異口同音に返事した。天井に吊られたように背筋が伸びる。

漱石がふたりの緊張の姿を楽しそうに見ながら、「この会にはいろんな人が来たけれど、子連れで来たのはきみたちが初めてだ」と言って、バッグにも声をかけた。

「大人たちばかりで楽しくないだろう？」

「はい。——あ、そんなことないです」とバッグがおたおたする。

漱石たちが笑った。

「ときに、きみたち。『万歳』というのを人のなかで言ったことはあるかね？」

「僕は一度もありません」と龍之介。

漱石の膝の上に、先ほどの黒猫がのって、また「にゃあお」と鳴いた。漱石は着物の袖をあわせて腕を組む。

「誰かの結婚式のときに万歳の音頭《おんど》を取ってくれと頼まれて行ったことがあるんだがね。あと二、三度あったかな。どうも言いにくい言葉だ、『万歳』というのは。人前で目立つのが決まりが悪いからだな」

漱石がずっとこちらを見ているので、龍之介は黙っているのが怖くなった。

「それもあるでしょうが、人が興奮したときに『万歳』という言葉の響きが出にくいからだろうと僕は思います」

ところが、漱石は断乎それを否定した。

「いや、きみそれはないよ」

「いえ、そうに決まっています」

龍之介は自説を固持した。自信があったからではない。初対面の漱石に、またその高弟たちに笑われるのが怖かったからだ。

あとで考えてみれば、そもそも龍之介の捉え方がズレていた。

漱石は人前で万歳と言うことが決まり悪いと言っているのに、龍之介は興奮したときに自然と口をついて出る響きではないからだと答えているのだから、受け答えになっていないのだ。

とうとう漱石は嫌な顔をして黙ってしまった。

龍之介はへこんだ。嫌われてしまっただろうか。黙っているのが怖かったからなのだが、黙られるのはもっと怖かった。

しばらく、漱石のそばの高弟たちが話を回し、頃合いを見計らって再び漱石を会話に誘い込んでいた。

このあたりの呼吸は、さすがだった。

最初はまだぶすっとしていた漱石だったが、やがて笑みがこぼれ、「この頃はひどいよ。なんでもいいから字を書いてくれと言ってきて、僕に書かせては持っていく。僕は骨董品《こっとうひん》にでもなった気分さ」とやりはじめ、書画や骨董のほうに話は移っていった。

龍之介は話の内容がわかったが、先ほどの二の舞はしたくなかったので、黙っている。ほんとうは、もっともっと知りたい。

話が盛り上がり、門弟全員が漱石に議論をふっかけた。

「あんなことしていいのですか」と久米が近くにいた門人に尋ねると、「先生はね、これが好きなんですよ。見てなさい。みんなで自分に食ってかからせて、ぜんぶ蹴散らしてしまうから」と言う。

事実そのように議論は終結していったのだが、そのあいだ、漱石はちらちらとこちらを見ていた。黒猫がその膝で丸くなっている。

あとで気づいた。

漱石は龍之介ではなく、バッグを観察していたのだ。

四

夜になって、風が出てきた。

何人かが帰り、また誰かが来る。その繰り返しだったが、徐々に人が減ってきた。

「僕が倫敦にいたときの話をしようか」

と漱石が言った頃には、龍之介はすっかり漱石に近づき、その目の前にいたものである。

倫敦で暮らした二年間は漱石にとって、もっとも不愉快な二年間だったという。

東京帝国大学英文学科を卒業した漱石は、東京、松山、熊本と英語教師としていくつかの学校で教鞭を執ったが、英語研究のために英吉利留学を文部省から命じられる。

だが、日本と英吉利では文化も風土もまるで違う。

しかも少ない官費は、物価高の英吉利での書籍購入で大半を費消された。

家賃の安い下宿を求め、あるいは家主の都合で五つの場所を転々としている。

知己もいない。

やがてどこへも出かけずにひたすら書物を読みふける日々になっていき、半年に一度提出する文部省への報告書も白紙になるに到って、「夏目狂セリ」といわれるほどになる。神経衰弱にかかってしまったのだ。

のちに漱石は言っている。「倫敦での自分は、英国紳士のあいだで、狼《おおかみ》の群れのなかに紛れ込んだ一匹のむく犬のように」あわれな生活を送った、と。

日本に帰国した漱石だが、倫敦での神経衰弱はなかなか治らなかった。

見かねた高浜虚子が、いってみれば気分転換として小説の執筆を勧めたのである。

そうして生まれたのが『吾輩は猫である』であり、小説家・夏目漱石だった。

そのあたりの話を聞くのかと思っていたのだが、徐々に話が違ってきた。

人数が減るほどに、漱石の話は留学の苦労話からは離れてきた。

「僕は倫敦が嫌いだ。嫌いなのだが、トーストと紅茶は好きになったよ。あとジャム。あれはいい」

「甘いものがお好きだと伺いました。僕も汁粉が大好きです」

と、目の前になってしまった龍之介が言うと、漱石が相好《そうごう》を崩す。

「汁粉もいい。僕も好きだ。だが、汁粉は罎《びん》に詰まっていない。ジャムは罎に詰まっているから、ちょいと蓋を開けてスプーンですくえばいくらでも食える。もっとも、病気をしてからは妻がジャムの罎を隠してしまう。これには閉口する」

残っているのは龍之介と久米とバッグ。あと門人がふたりだけだった。

「先生、ジャムを舐めるのは大概にしてください。医者から私たちまで怒られます」と門人――久米に「ぜんぶ蹴散らしてしまうから」と言った人物――が、漱石をたしなめた。

いつの間にか寝てしまったバッグが、大きな寝息を立てたので、黒猫が驚いてどこかへ行ってしまった。

「ジャムは苺《いちご》などを煮詰めたものだが――倫敦塔は英国の歴史を煎《せん》じ詰めたものだ」と漱石が言うと、龍之介の脳裏に『倫敦塔』という漱石の小説が思い浮かんだ。

倫敦塔が体現している英国の歴史とは、処刑の歴史だ。

それは罪人と敗者と冤罪《えんざい》の凝縮した場であり、それだけで十分、怪奇を予感させる。

すでに龍之介の背筋にぞくりとしたものが走っていた。

だが、もっと知りたい。

この「山房」の窓は高いところにあって、しかもどういうわけか鉄格子がはめられていた。西洋の牢獄《ろうごく》のようである。

龍之介は自分がいま倫敦塔に幽閉されたような心持ちがした。

そんななか、漱石の声が陰にこもって聞こえるのは、不思議ではない……。

小説『倫敦塔』では、主人公である「余」の倫敦塔見物が語られる。

塔門から中塔、鐘塔《しょうとう》をのぞみながら「余」は右手の逆賊門《ぎゃくぞくもん》をくぐり、大僧正クランマー、ワイアット、ローリーら囚人船で運ばれてきた古の囚人たちを思う。逆賊門の左の血塔《けっとう》で、ふたりの子供の幻影を視《み》る。叔父のリチャード三世に幽閉されたエドワード四世の子、エドワード五世とその弟リチャードだった。

塔門にはふたりの母、エリザベスが喪服《もふく》でたたずんでいるが、子らには会えないでいた。血塔を出て、倫敦塔最古の白塔《はくとう》へ。

白塔はリチャード二世が廃位された場所であり、ウォルター・ローリーが万国史の草稿を書いたところだ。

ボーシャン塔途中の刑場跡地に五羽の鴉《からす》を見かけ、その場にいる子供と婦人を不思議に思いながら、塔に舞台は移る。

「ボーシャン塔の歴史は悲酸の歴史だ」という文章がすべてを物語っていた。壁には囚人たちの怨み、憤り、悲しみの文字が書かれている。

その心中と生を思っていると刑場跡地にいた子供と婦人がやってきた。

婦人は子供にダッドレー家の紋章について語り、「夫のあとを自らも追うのだ」と語る。そう。この婦人こそ、英吉利初の女王にして在位九日で廃位させられ十六歳で処刑された、「九日間の女王」ジェーン・グレイだった。

しかし、宿に帰って主人に言わせれば、すべてが幻。「余」は空想を打ち砕かれ、二度と倫敦塔へは行かなかった――。

この不思議な倫敦塔見物記が、漱石一流の美文で綴《つづ》られている。

漱石の話はそれらを静かになでるように進んでいく。

聞きながら、龍之介は何度も鳥肌を立てていた。

小説であらすじは知っているし、最後は宿の主人が「ネタばらし」のようにして倫敦塔の奇怪な話をすべて打ち消してくれるとわかっているのだが、ぞくぞく来る。

漱石の話し方は品があるが、小説のように技巧を凝らしてはいない。

それゆえにかえって、生々しく訴えてくるものがあった。

黒猫が山房のなかをうろうろしながら、時折思い出したように「にゃあ」と鳴いていた。

書き言葉と話し言葉の違いなのか、漱石の話は『倫敦塔』と細部が微妙に違っている。

たとえば、ボーシャン塔へ向かう途中の刑場跡で出会うジェーン・グレイとは、小説ではいったんはぐれているが、漱石の話では彼のあとをずっとつけてきていた。

しかも、ボーシャン塔に入るときには、血塔にいたエドワード五世とリチャードのふたりの子供もついてきていたことになっている。

うなじがますますぞわりとした。

この感覚を、どこかで味わったことがある。

はっきり言ってしまうなら、「片葉の芦」のお駒や久米を襲った黒い人影、羅城門の下人の怪異と同じようなぞわぞわしたものを感じていた。

漱石の話に出てくる人物たちについては、龍之介らが毛嫌いしている英文学科の授業で習った。というよりも、無理やり覚えさせられたので、それぞれの人物や背景はよく知っている。

だが、授業で取り上げたときには、このような感覚はなかった。

バッグを起こして、この感覚がどういう意味かを聞きたい。だが、バッグは子供だ。怖い話を聞いて「帰りたい」などと駄々《だだ》をこねたら困る。

まずい。もっと知りたい。

ダッドレー家の紋章のくだりにさしかかって、ふたりの門人が「今日は、そろそろ」と告げて下がった。同時に、龍之介たちを促す。後ろ髪ひかれる思いだったが、龍之介たちも一礼して暇乞《いとまご》いをするために、バッグを起こそうと揺すった。

すると漱石は、「寝ているのだからかわいそうだ。芥川くんと久米くん、この子が起きるまで残っててあげなさい」と言ったのだ。

これには言われた龍之介と久米だけではなく、ふたりの門人も驚いた。

漱石は意に介するふうもなく、かといって訂正する感じもなく、むしろどこか神妙な顔で「芥川くんと久米くんは残りなさい」と繰り返すばかりである。

門人たちは従った。

今日の漱石は機嫌がよいほうなのだ。黙って従っておくべきだと思ったようだ。人がすっかり減ってしまうと、書物だらけの山房は妙に寒々した。鉄格子の高い窓がなおさら見たことのない倫敦塔の牢獄のようだ。黒猫もどこかへ行ってしまっている。

漱石はジェーン・グレイの亡霊が「夫のあとを自らも追うのだ」というくだりを語って、ひと息ついた。

「いま話したのが、僕の体験した倫敦塔の怪異だ」

「先生が書いた『倫敦塔』のお話ですね」

と久米が生唾をのみ込む。

龍之介は黙っていた。

なにかが引っかかる。

なにかがおかしい……。

漱石が酒の支度をさせる。

たしか漱石は下戸《げこ》だったと思うが、と龍之介が考えていると、漱石が右手で酒をのむ仕草をしながら尋ねた。

「きみたちは、できるのだろ？」

久米が答えた。

「はい。ですが、芥川はのめません。たしか先生も――」

「そうか。芥川くんも下戸だったか。僕もだ。悪いことをしたな。まあ僕の場合は、のめたとしても胃がよくないから、もう無理だ」

女中が漱石と龍之介のまえに白いアイスクリンを置いた。この女中も漱石の癇癪の犠牲になったのだろうかとどうでもいいことを考えていると、久米が控えめに、「冬にそのようなものを食べて、寒くはないのですか」と尋ねている。

「今日は大いに盛り上がって熱くなったからね。さ、やってくれ」

漱石がアイスクリンを小さな匙で口に運んだ。実においしそうに食べる。

龍之介は久米と顔を見合った。

今日初めて来た自分たちだけが残り、どういうわけか酒やアイスクリンを供されている。どうしたらいいのか。

漱石がアイスクリンの手を止め、「なんだ。やらないのかね?」と自らお銚子《ちょうし》を持った。

久米が「いただきます」と猪口《ちょこ》を構える。驚く龍之介に、「こうまでされたら、断るほうが無礼だ」と久米は酒をもらった。

バッグが目を覚ました。むくりと起き上がり、目をこすりながら、「ねむい……おなかすいた……」と龍之介に甘えて抱きついてくる。漱石の手前、どうしていいかわからない。寝起きで、あたたかな牛乳のようなにおいのバッグを龍之介が抱えていると、漱石がため息をひとつ漏らし、あたりを窺《うかが》ってこう言った。

「その子は——人間ではないのだろう?」

漱石の硝子玉のような目が、灯りを反射させて光っている。

五

「な、何をおっしゃっているんですか、先生。ははは」と久米が明るい声を出した。

漱石は苦笑を浮かべて久米にまた酒をつぐ。

久米に酒をつぎながらも、目は龍之介から離さなかった。

龍之介も漱石を見つめ返す。

夜の陰影が漱石を険しくも、苦しげに見せていた。文豪の威圧感よりも、怪異話の不穏さを感じる。

そうだ。不穏さだ。

龍之介は閃いた。

漱石が語った倫敦塔の話は不穏なままに終わっている。

小説では「余」を——そして読者を、現実社会に引き戻す「宿の主人」がいるが、漱石の話には登場していない。

聞き手である龍之介たちは、倫敦塔の不穏な怪異の話から解放されていない。

漱石は「僕の体験した倫敦塔の怪異」と言ったが、「先生が書いた『倫敦塔』のお話ですね」という久米の相づちには、うなずいていなかった。

漱石は言っているのだ。この話は実際にあった怪異譚だ、と。

龍之介はバッグをもう一度起こし、言った。

「おっしゃるとおり、この子は河童です。なぜか、頭の皿がなくなっていますが」

漱石が大きく息をつく。心なし、安堵したような表情に見える。「そんなこと言ったらダメだろう」という久米に、漱石が酒をついで黙らせていた。

「そうか。その子は河童か」

やっと目を覚ましたバッグが、きょろきょろしている。

龍之介がバッグとの出会いなどを話しているあいだに、漱石はバッグにアイスクリンを出してくれた。漱石は微笑みながら、もしかすると今日の木曜会のなかでもっとも上機嫌の表情を見せている。

久米は緊張していて酔いが早く回ったのか、もう舟をこぎ始めていた。

「きみのところの河童は、よい河童だな」

と漱石に言われて、バッグがアイスクリンを食べながら、「えへへ……」とうれしそうにしている。

畏《おそ》れ入ります、くらいしか言うべき受け方を思いつかなかった龍之介に、漱石はどこかうらやましげなまなざしを向けているように思えたのだが、気のせいだったろうか。

「倫敦塔になど行くのではなかった」と漱石が自嘲《じちょう》した。

「先生……？」

「ただ、怪異に遭遇している人間が僕だけではないとわかって、僕はひどく安心した」

と漱石が肩の荷が下りたようにする。

「先ほどの倫敦塔の話は、先生の実体験なのですね？」

漱石は両手で顔を洗うようにぬぐった。

「小説の『倫敦塔』は、小説の形式のなかで書ける範囲までで書いた実体験だ」

「やはり――」と龍之介がうなずくと、漱石が続ける。

「僕たちの――この場合の『僕たち』には、きみを含んでいるのだが――書く小説は世界を形成している。怪異を扱う場合は、怪異が現象化してしまうこともあるし、不十分でも怪異を封じ込めることもできる。きみにもわかるだろう？」

漱石の声は厳かで、小説家というよりなにか宗教家めいていた。けれども、その言葉の意味するところは、少なくとも後半は龍之介もよく理解できる。

漱石はため息をついた。再び、濃い陰影が文豪の顔を隈取《くまど》った。

「僕は倫敦で神経衰弱に陥った。それをいまでも引きずっている。修善寺での大病まで続く僕の体調不良は、すべてそこから来ている」

「たいへんな体験だったと伺っています」

と龍之介が同情すると、漱石は首を横に振った。

「倫敦での僕を決定的に壊したのは、倫敦塔なのだ」

「え？」

「エドワード五世とリチャード、ジェーン・グレイ――倫敦塔の怪異たちは、英吉利にいるあいだ、いつまでも僕の枕元に立ち続けたのだよ」

「………っ!!」

漱石が、文机からこちらににじり寄ってきた。

膝詰めになるほどの近さで、漱石が続ける。

「小説に書くことでかなり力を封じることに成功したのだが、ヤツらはまだやってくる。芥川くん。力を貸してくれ。ヤツらはいまでもときどき僕のところへやってくるのだ」

「英吉利からここまで？」と龍之介は目をむいた。

これは――もっと知りたいぞ。

「きみの『羅生門』を読んで、僕はきみが怪異に精通していると直感した。会いたいと思っていた。実際に会ってみたら、河童を連れていて、これまでいくつかの怪異に打ち勝ってきたというではないか」

「それは――たまたまです。僕は特別な力など持っていません」

と龍之介が謙遜《けんそん》すると、バッグが首を横に振った。

「そんなことありません。龍之介さんには小説を書く力と怪異に勝つ力があります」

「バッグ！」

漱石はバッグの言葉に力を得たようだ。

「僕もこのままヤツらに脅かされたままで人生を終わりたくない。解放されたい。だからこそ、今日はあえて倫敦塔の話をした。倫敦塔に行ってからヤツらが来るようになったのだから、きっとあの話のなかになにかの手がかりがあるはずなのだ。振り返るたびにヤツらが来るのでやめていたのにあえて話したから、今夜あたりヤツらが来るかもしれない」

久米は、とうとういびきをかき始めた。のんきなものだ。

夏目漱石の頼みとなれば、断りにくい。

だが、悪霊調伏《あくりょうちょうぶく》の法力《ほうりき》のようなものを龍之介は持ってはいない。

ええい。こうなればヤケだ。

腹をくくろう。

なるようになれ。

龍之介は景気づけにのめない酒をのもうとしたが、バッグの小さな手が猪口を押さえた。

「お酒はやめたほうがいいですよ」

「どうして？」

「酒に酔うと怪異に勝てませんよ？」

「それは――」

「ちょっとイヤな空気というか感じがします」

バッグの言葉に漱石がうれしげにする。「百万の味方を得るとは、このことだな」

酔って寝てしまった久米を客間に寝かしつけると、漱石のところへ戻った。

漱石も寝る支度をしている。

睡眠中に倫敦塔の怪異たちはやってくるのだから、寝なければいけない。

漱石の寝床の横にもう二組布団が敷いてある。龍之介とバッグ用だったが、こちらは寝るわけにいかない。

「とにかく、寝ずの番をしてみます。先生はおやすみください」

漱石が布団に入ってしまうと、あたりはしんとなった。

すぐに規則正しい寝息が聞こえてくる。

龍之介自身が寝てしまわないように、ときどき自分をつねっていた。

「バッグは眠くないか」

「さっき寝ましたから大丈夫です。龍之介さんが寝ないように見張ってますね」

「それもうれしいが、先生のほうを見張っててくれ」

柱時計が鳴った。

ひとつ。

ふたつ。

二時——いわゆる丑三つ時だ。

西洋でも「丑三つ時」は怪異が出てくる時間なのだろうかと、龍之介がバッグに聞こうとしたときだった。

廊下のきしむ音がする。

一度は聞き間違いだと思った。

二度聞こえたときには、強い鳥肌が立った。

きしむ音は近づいてくる。

龍之介は漱石を起こさないように注意しながら立ち上がった。震える。音を立てないように障子《しょうじ》を開けた。

障子の向こうは闇だ。

暗い縁側《えんがわ》に首を伸ばすと、奥から久米が歩いてきていた。

「なんだ、久米か。脅かすな」

と龍之介が気を緩めたときだった。

「龍之介さん、ダメです」とバッグが足にしがみついて止める。「よく見てください」

歩いてくるのは久米なのだが——。

眼《まなこ》は白目をむき、口からは血を流している。

「久米ッ」と叫んで、龍之介が縁側へ出た。足から振りほどかれたバッグが転がる。「どうした。なにがあったのだっ」

龍之介が両肩に手を置いて呼びかけると、久米は口から血を流したままにやりと笑った。

久米の口から女の声で、英語が流れ出す。

Yow that these beasts do wel behold and se, ——

「龍之介さんっ。それは久米さんじゃないですっ」

バッグの声よりも早く、久米の姿が変化《へんげ》した。

久米の代わりに立っているのは、血まみれの西洋の貴婦人。彼女は龍之介に、不気味に笑いかけた。

先ほどの英語がこの人物の素性《すじょう》を物語っている。

ジェーン・グレイだった。

そのとき、バッグが金切り声をあげたのだ。「龍之介さんっ、こっち!」

布団の漱石が、ひどくうなされていた。

「先生ッ」と龍之介が叫び、漱石の身体を揺さぶる。起きない。脂汗《あぶらあせ》を垂らし、うなされたままだ。誰か、と叫ぶが、漱石の妻も女中も誰も来ない。

その漱石の左右に、ぼんやりとした青白い炎が立った。

瞬く間に炎は人型になる。

やはり血にまみれたうつろで恨みがましい目の、金髪をした西洋人の子供がふたり。身につけているものは古風な肖像画にある衣裳のようだったが、それなりに品がある。

先ほどのふたりがジェーン・グレイたちならば、この子たちは。

「エドワード五世とリチャード……」

ふたりの子供は、龍之介ににやりとすると、漱石の身体に覆い被さった。そのまま楽しげに笑い声をあげながら、ふたりがかりで漱石の首を絞める。

漱石がますます苦しむ。

「おい、やめろ」とエドワード五世たちを突き飛ばそうとするが、すり抜けてしまった。

「無理ですよ。あの子たちは〝お化け〟ですから触れません」

「そんなこと言っても」

そのとき龍之介の脳裏に閃くものがあった。

この怪異たちは英吉利人。もしかしたら、『聖書』の言葉が強く効くかもしれない。

龍之介は口を開いて、言葉を発しようとして、止まった。

……覚えていない。

不覚だった。いま、さらさらと導き出せるほどには、『聖書』のなかのイエスの言葉を暗記していなかったのだ。

この山房のどこかに『聖書』はないだろうか。先ほどの書斎にはなかったと思うが。

不意に動けなくなった。金縛りか。龍之介がまごまごしている隙に、縁側からジェーン・グレイの亡霊がやってきていたのだ。

ジェーンは残忍な笑みを浮かべて、龍之介の首を絞めあげた。龍之介の長身が持ち上がる。振りほどこうにも、龍之介の手はジェーンの腕をすり抜けてしまう。

「バッグ……たすけて」

龍之介の求めに、バッグが目を吊り上げた。怯えていたバッグはいない。気合いとともにジェーンの腹に回し蹴りを入れる。効いた。ジェーンが吹っ飛び、龍之介を解放する。

河童であるバッグの力が通じたのだ。

バッグは漱石を苦しめているエドワード五世たちを殴り飛ばす。

すごいな、と龍之介はやや楽しくなったが——ジェーンたちが身を起こした。

向こうは弱るどころか、目に憎悪をみなぎらせている。

きりがなさそうだ。

「どうしてあんな小さな子供たちまで、こんな悪いことを」

「案外、誰かに操られているのかもな」

と龍之介は首元をさする。

そのとき、龍之介の頭に漱石の言葉が甦った。

「きっとあの話のなかになにかの手がかりがあると思う」と、漱石は言っていた。

思い出せ。今日の話を——。

ふと、ある不思議なことに気づいた。

それは小説にも漱石の話にも、ほとんど触れられていないところだ。

行間であり、空白である。

倫敦塔に出てきた怪異は、エドワード五世とリチャード、ジェーン・グレイだけではない。もうひとりいた。

エドワード五世とリチャードの母、エリザベスだ。

しかし、彼女は子供たちに会えなかったのである。

どうして会えなかったのか。

会えないようにしている誰かがいたのだ。

誰が？

いや、考え方が違う。

誰なら、死した彼女の願いを邪魔できるのか、だ。

龍之介は考える。考える。考える。

すると、ある人物の名前が出てきた。

その人物なら、エリザベスと子らを会わせないことができる。

その人物はジェーン・グレイより年上だし、古い人物だから彼女を従えさせることもできるかもしれない。

その人物は倫敦塔の歴史には出てこないが、怪異となるほどの怨みはあるかもしれない。

そして、その人物は倫敦塔の怪異のそばにいて、怪異と漱石の両方を翻弄《ほんろう》できる場所に最初からいながら、いまここにはいない。

龍之介は、倫敦塔の怪異たちの背後に向かって呼びかけた。

「刑場跡地にいた子供。出てこい」

返事はない。

しかし、ジェーン・グレイたちが動きを止めた。

狼狽《うろた》えているような雰囲気が伝わってくる。

龍之介は呼びかける名を変えた。

刑場跡地にいた子供という無名の存在の振りをしていた、その名を呼ぶ。

ヨーク朝イングランド王・エドワード四世——と。

六

閉めきった部屋に、吸い込まれるような風が動いた。

いままでいたジェーン・グレイたちの姿が揺らいだ。

ジェーン・グレイらが道を譲るように一歩下がって礼をし、消える。

代わりに、瀟洒《しょうしゃ》な衣裳で面長の西洋の大男が直立していた。

身長は二メートル以上あるかもしれない。天井にほとんど頭がつきそうになっている。長めの髪が波打っている。顔立ちは、おそらく若い頃は美しかったのだろうが、どこか醜く、嫌らしい。見るからに好色と強欲と、人を馬鹿にした態度や傲慢さがにじみ出ていた。

衣裳はそれなりに品があり、腰には剣をさげているが、それゆえに一段と心根の不潔さがにおってくるようである。

龍之介は一度だけ激しく震えたが、あらためてその名を呼んだ。

「あなたが、エドワード四世か」

『いかにも』

エドワード四世は重々しくうなずいた。

言葉は通じるらしい。

十五世紀の薔薇戦争《ばらせんそう》を戦い抜き、ランカスター家のヘンリー六世を追放して王位についた人物だ。反対派諸侯を潰しては新興貴族に与えて統治基盤を固め、貿易で財政を好転させたが、若くして死去。死後、弟によって自らの子・エドワード五世とリチャードは倫敦塔に幽閉され、殺害された。

「誰なんですか」とバッグが尋ねてくる。

「英吉利の昔の王さまだ。先生の首を絞めていたふたりの子供の父でもある」

「その人がどうして……」

「エドワード四世は持って生まれた美貌に恵まれていたが、たいへんな女好きでもあったと聞く。統治後半は、自堕落で醜聞にまみれていたとも」

だが、倫敦市民たちはそんな彼になれっこだったというのだから、救いがない。

エドワード四世の亡霊が怒る。

『王を侮辱《ぶじょく》するか』

びりびりと身体が震えた。

だが、それだけだ。

西洋のものの本で読んだことがある。名を知り、正体を特定した段階で、亡霊怪異はかなり力を減じている、と。たしかに、いまこうしていても恐怖以外の脅威は感じなかった。

「あなたは倫敦塔で処刑されたわけでもないのに、どうして倫敦塔の亡霊たちを使役して先生を苦しめるのだ?」

『たしかに余は倫敦塔で処刑されなかった。しかし、わが子は十二歳と十歳で倫敦塔で殺害された。その恨みを聞き入れ、余が裁いている』

「どうしてこんな東の果てまでやってきたのですか」

龍之介が問うと、エドワード四世は眠ったままの漱石を顎でしゃくるようにした。

『この男よ』

「夏目漱石先生がどうしたというのですか」

『この男に余たちの勲《いさおし》を作らせ、弘《ひろ》めさせようと考えていたのだが、こやつが書いたものはただの倫敦塔の見物記ではないか。なぜ、わが子たちの悲劇から遡《さかのぼ》って薔薇戦争での余の活躍と短命の不運を書き表さなかった？』

エドワード四世は自らの要求を延々と続ける。

「つまり、先生の『倫敦塔』では不服だと？」

『無論。余たちの偉大さを、ヨーク朝を失ったことの愚かさを、すべての国々に弘めたいのだ。貴様も物書きなのだろう？　さあ、書け。書かねばおまえから殺す』

亡霊の王の脅迫に、龍之介は不覚にも震えた。

わがままな王さまだ、と龍之介は思った。

だが、口には出さぬ。

バッグが袖を引っ張り、「お駒さんのときみたいに、龍之介さんが書いてあげればいいんですよね？」とささやいた。

エドワード四世の望みは、間違いなくそれだ。

彼の気に入るものを書けば、今日のところは解放されるだろう。

しかし、彼はそれで、お駒のように満足できるのだろうか。

平たくいえば、往生してくれるのか疑問だった。

自分の偉大さを弘めろと、亡霊の分際で海を越えてくるほどの執念。もっともっとと要求してくるのではないか。

エゴイズムといえば、とんでもないエゴイズムである。

いまここで彼の気に入る物語を書かなければ、殺すという。

こんなところで、海の向こうの怪異に殺されるのは嫌だった。

ならば、書くしかない……。

龍之介は懐からペンを出し、紙を探す。

だが――手の動きを止めた。

バッグが心配そうに覗き込んでくる。「大丈夫ですか」とバッグが涙目で尋ねてきた。

龍之介は答えない。

別のことを考えているからだ。

考えて、結局、元のところに戻った。

「――やめた」

『なんだと?』

明らかにエドワード四世の亡霊が不機嫌な声を発する。

「ど、どうして?」とバッグも目を見張っていた。

「書きたい気持ちにならない」

「ええー……」

龍之介はエドワード四世の亡霊を睥睨《へいげい》するようにしながら、続ける。

「エドワード四世というのは、ひどい女好きなのだ。さっきのエドワード五世とリチャードに王位が継がれなかったのも、元を正せばそのふたりの母のエリザベスよりもまえに別の女性と結婚していたから。そのうえ、若くして死んだのもただの荒淫と不摂生だといわれている。どうして僕がそんな人物の小説を書かねばならない?」

すべて英文学科で習った内容である。薬にもならないと思っていたあの授業が、こんなところで役に立つとは、人生は愉快だ。

その人生は、自分の良心に忠実に生きてこそ愉快なはずだ。

『貴様、死にたいのか』と、エドワード四世が激高する。

しかし、龍之介はペンを突きつけるようにして言い放った。

「この芥川龍之介、低俗な風俗や暴露話をおもしろおかしく書くために生きているのではないッ。僕が書くのは訴えたい〝なにか〟があるものであり、釈迦大如来やキリストに読まれても恥ずかしくない作品だッ」

エドワード四世の両目が不気味に光る。

『釈迦など知らぬ。キリストは余を裏切った』

「キリストは誰も裏切らない。『聖書』をよく読め。裏切るのはいつも愚かな人間のほうだ」

『余を愚かだというのか』

「愚かでは難しかったか。では平たく〝馬鹿〟と呼んでやろう。英吉利らしく、fool のほうがよかったか？」

周囲の空気がびりびりした。

『望みどおり殺してやろう』

恐怖を通り抜けて、むしろ楽しくなってきた。

こいつの反応を、もっと知りたい。

「殺せるものなら殺してみろ。死んでも魂は生きるのだろ？　いまのおまえが教えてくれている」

『その言葉、地獄で後悔するがよいッ』

エドワード四世が抜剣した。ぞくりとする。こちらからは触れられないくせに、そちらからは攻撃できる西洋剣なんて、卑怯《ひきょう》ではないか。

だが、先ほどの言葉、訂正してやる気にはならない。

売り言葉に買い言葉のような勢いになってしまったが、龍之介とて江戸っ子の端くれのつもりだ。命乞いをしておべっかと諧謔《かいぎゃく》の物語を書くくらいなら、死んで本望だった。

エドワード四世が剣を振り上げた。

バッグが「あわわわ」と、龍之介にしがみつく。

自然に、変な笑いがこみあげた。

そのときだった。

闇の一部がちぎれたように、エドワード四世の顔に襲いかかるものがあった。

にゃおおお――ッ。

黒猫だった。漱石の飼い猫が、エドワード四世の顔面を襲ったのだ。

『なにをする』とエドワード四世の亡霊が怯《ひる》む。猫が跳び上がる。顔を引っかく。黒猫の叫び。エドワード四世の罵《のの》り声。黒猫は大きく威嚇しながら、爪を闇雲に立てた。

『痛い。痛い。こんなに引っかかれたのではたまらぬ』

さらにバッグが「うわあああっ」と跳びかかる。

龍之介が呆然としているあいだに、エドワード四世の亡霊は悲鳴とともに消えてしまったのだった。

気がつけば朝になっていた。

目を覚ました漱石は、文字どおり憑きものが落ちたようにさっぱりしている。

「おはようございます。お目覚めはいかがですか」

と龍之介が問う。

「案の定、途中で悪夢にうなされた。夢にヤッらが出てきた。けれども、気がつけばヤツらは消えていった。去り際に、『お世話になりました。これで私たちもエドワード五世たちも自由になれます』とジェーン・グレイが言っていた気がする……」

やはりエドワード四世は黒猫とバッグの攻撃に撃退されたらしい。

彼が退治されたので、ジェーン・グレイの亡霊たちも解放されたのかもしれない。

「それはよかったです」と龍之介は、そばにいるバッグの頭をなでた。

「その様子では徹夜だったようだね。頭はぼさぼさになっているし、着物もずいぶんくたびれてしまったようだ。――きみがヤツらをやっつけてくれたのだよね？」

「僕はなにも――。先生のところの黒猫がいちばん褒められるべきです」

漱石は眉をひそめた。

「どうしてきみが、あの猫のことを知っているのだね」

「え？」

「『吾輩は猫である』の猫のもとになった黒猫を僕は飼っていたのだけど、惜しいことに本になる頃に死んでしまってね。それから僕は猫を飼っていない」

龍之介はバッグと顔を見合わせた。バッグが「だからあの猫ちゃんの爪が亡霊に効いたんですね」と納得している。

漱石が不思議そうにしていたので、龍之介はもう一度言った。

「やっぱりいちばんに褒められるべきは、その黒猫です」

酒に酔って寝てしまった久米だったが、ぐっすり寝て気持ちよさそうに起きてくる。

いい天気の朝だ。龍之介たちは漱石とともに朝ご飯をいただくことにした。

第四章　羅生門の下人と老婆と龍之介《りゅうのすけ》

一

本郷の甘味処で、龍之介は汁粉を注文していた。

他にバッグと、塚本文《つかもとふみ》がいる。

「悪いね、文ちゃん。付き合わせるみたいになって」

文は素朴でつぶらな目をぱちくりさせて、

「とんでもない。芥川《あくたがわ》さんが来たのに、うちにいなかった兄さんが悪いんです。でも、そのおかげであたしはお汁粉をごちそうになれちゃいました」

と屈託なく笑っている。

文と相変わらず仲が悪いバッグは、両足を椅子にぷらぷらさせて怒ったようにしていたが、汁粉を食べはじめると屈託が抜けて、にこにこしだした。

丸髷に着物姿の文は、「田舎しるこ」のようなぽってりしたところがあったが、健康的な肌色、ふっくらした頬の丸みは、見ている者にやさしい気持ちを思い出させた。

明るく飾らない、よく動く目と口と表情は、年下のかわいらしさと相まって、龍之介に大人の男としての余裕めいたものを自然に引き出させると思う。

久米《くめ》に言われて気づいたのは業腹《ごうはら》なのだが、要するに一緒にいて落ち着くのだった。

今日も山本《やまもと》に会いに来たかのような口ぶりだったが、文に会いに来ていた。

好物の汁粉を食べながら「漱石山房《そうせき》」の一夜を、文に語ろうと思っていたのである。

「このまえの、ほら、文ちゃんも行きたがってた、夏目《なつめ》漱石先生のところでの話なんだけどね——」

と龍之介が話しはじめると、文はびっくりして汁粉で舌を焼いた。

そんなうっかりも微笑ましい。

クリームソーダではそんな表情を見ることはできない。

もっとも、龍之介の話はあまり微笑ましくはない。

どちらかといえば、不思議で不気味でぞくぞくする話だった。

そんな話なのに、文は身を乗り出すように聞いていた。

ときどきちゃんと汁粉をするのが、よい。

話が終わると、文は汁粉と一緒に出されていた昆布茶をひとくち飲んで、

「芥川さんはほんとうに怪我などなかった？」

「大丈夫だよ。ありがとう」

「ぼくが一緒だったんだから大丈夫だよ」

とバッグがやや上からの言い方をした。

だが、今日の文は少々違っていた。

「あんたが守ってくれたの？」

「そうだよ」

「あんた、いい子だったね。ほんとにほんとにいい子だったね」

文は目にうっすらと涙を浮かべながら、バッグの頭をひたすらなでた。バッグ、頭をくらくらさせている。頭が揺れたから、というより、文にやさしくされたから戸惑っているのかもしれない。

これでふたりが少しは仲良くなってくれればいいのだが……。

文は、やっと生きた心地がしたとばかりに息を吐いて、龍之介に続けた。

「あまりあぶないことはしないでね。芥川さんにもしものことがあったら――」

と、文が言葉を途中で切ってそっぽを向いた。頬が赤い。

「僕にもしものことがあったら？」と龍之介は突っ込んだ。

文は赤い顔のまま、横目で龍之介を軽く睨むと「なんでもありません」と唇を尖らせる。

龍之介がなおも追及すると、「知りませんっ」と文が機嫌を損ねてしまった。

「ごめんごめん」からかいすぎたと龍之介が謝った。「漱石先生は無事でしたよ。悪い怪異がちょっかいを出してきて苦しい目に遭っていただけで、先生自身は怪異を惹きつけるような心の方でもないだろうし、もう大丈夫」

「そうなんだね。よかった」

と文がちょっと笑顔を戻した。

それにしても、いきなりこんな怪異話をしても頭から拒絶しないどころか、平気な顔をしているのは驚愕に値する。

文は怪異が好きなのか、自分自身でもなにかの体験があるのか。

そのことについて尋ねてみたら、文の答えは明瞭《めいりょう》だった。

芥川さんが言うのだから、嘘だなんて思いません。

まっすぐな信頼の笑みが、小春日和《こはるびより》のようだった。

そのときだった。

ふと、目の前の文が泣いている幻が視《み》えたのだ。

視えたと言うべきか、頭に浮かんだと言うべきか、ともかくもその光景が認識された。

文が喪服を着て泣いていた。

だが、いまの文ではない。もう少し大人になっている。といっても、三十歳になっているかどうか。

文はハンカチで口元を覆い、棺《ひつぎ》のまえで肩を落としている。

顔のわからない人たちが、文を励まそうとするが、その声が聞こえないように憔悴《しょうすい》しきっていた。

文は棺をまえにして、ひどく悲しんでいるのだ。

その棺には自分の亡骸が納められていると、どういうわけか龍之介にはわかった。


これは未来の幻視なのだろうか。

文は自分の葬式を出してくれる人になるのか。

龍之介は、文と結婚するのだなと自覚した。

二

甘味処を出た龍之介は、文に見送られながら東京帝国大学の赤門へ急いだ。

バッグは、いつものように一緒である。

赤門までの道のり、龍之介はやや閉口気味に、「今日はずいぶん人が多いな」と愚痴った。

バッグが不思議そうに龍之介を覗く。

「龍之介さん。そんなことないですよ。むしろ、人通りは少ないくらいです」

「ほんとうか?」

龍之介は目をこすった。

バッグの言うとおり、道はがらがらだ。

「しかし、さっきは人が大勢いるように見えたのだが……」

バッグが龍之介の正面に回り込み、あどけない瞳でまじまじと龍之介の目を見つめた。

「あー……龍之介さん、通じかかってます」

「なにがだ」

「あの世とか霊界とか心の世界とか、そういう〝この世を超えた世界〟とです」

龍之介はぎくりとなった。

「つまりさっき、人混みに見えていたのは――」

「このあたりの〝お化け〟の一種――怪異かも」

「どういうことだ。どうしてそんなことになるのだ」

「ずっと怪異を追い続けていたし、小説を書くときの集中ぶりは、お坊さんが座禅を組んでいるときと同じくらい真剣だから」

小説を書いて坊主のような法力を得たなんて話は聞いたことがない。

龍之介は困った。

怪異話はおもしろいし、興味もあったが、そうしょっちゅう怪異が視えたり聞こえたりするのは生活に支障が出るように思う。いままでくらいで十分なのだが。

そのような霊能めいたものが自分に開花されても、どうしていいかわからない。

自分自身が怪異の仲間になっていやしないか……。

「いつも亡霊や妖怪みたいな怪異が視えっぱなしでは、困るな」

「小説を書くときに、人の心が描けるのも、突き詰めれば霊能みたいなもんでしょ？　これからますますすごい小説が書けるんじゃないですか」

バッグは楽観的だった。

夏目漱石のことをふと思い出す。

漱石は倫敦塔《ロンドンとう》の怪異に悩まされていたが、これもある種の霊能という心の力だろう。そのような心の力や敏感さは、文学者に必要な繊細な感性や創作の源泉とも関係しているのだろうか。

それならば、これもある種の職業的必然なのかもしれない。

もしかすると、文に関しての未来幻視のようなものも、同じ力なのだろうか。

おもしろい。

もっと知りたい。

けれども、それに翻弄されるのは本末転倒だ。

どうせ死ねばあの世に還る。この世に生きているときに、怪異というあの世の連中に振り回されるのはいただけない。

厄介さ半分、おもしろさ半分、というところか。

こういっては失礼かもしれないが、バッグは河童なのだ。いくら霊能に知見があっても、河童の智恵を釈尊《しゃくそん》やキリストの言葉のように受け止めるのはなんか違うだろう。

赤門で久米《くめ》と合流した。

よう、といつもどおりの挨拶を交わすと、久米が朗らかに「なにかいいことでもあったか」と問うてくる。

「そんなふうに見えるか」と龍之介は髭のない顎をなでた。

「さっぱりした顔をしている」

「そうかね」

文への気持ちが固まった安心だろうか。

それとも、先ほどのバッグの話のように坊主が座禅をしているときの如き静けさでもあるのか。

「ところで、第四次『新思潮』、芥川もやるだろ?」

「無論だ」

すると久米は懐から一通の封筒を取り出した。

「京都帝国大学の菊原薫《きくはらかおる》からだ。奴も参加するってよ。読んでみろ。菊原の奴、京都で学問だけではなく博打《ばくち》や酒にも熱心らしい」

菊原の名を久しぶりに聞いて、龍之介は笑みがこぼれた。さっそく封筒を受け取り、中の手紙を取り出す。

ところが――。

「なんだ……？」龍之介は顔をしかめた。

開いた手紙の文面から、黒い煙が立ち上っているように見えたのだ。

書かれた文字のひとつひとつから線香の煙のように黒いものが立ち込め、それらが龍之介の顔と身体へ煙草《たばこ》の煙のように絡まってくる。

思わず吐き気を覚えた。

隣にいたバッグが、眉をひそめて「龍之介さん。しっかり」と、龍之介の背をたたいた。

龍之介が我に返る。もやもやした煙のようなものは消えていた。

「どうした？」と久米。

どうやらなにも見えていないようだ。

「いまのはいったい――」

とにかく気持ちが悪かった。先ほど食べた汁粉が喉まで戻ってきそうになる。

「さっきの感じだと、嫉妬の煙かも」

とバッグが顎に小さな指をあてて、推理した。

「嫉妬？　菊原が？」久米が一笑に付した。「あいつはそういう男ではない」

「でも、実際に怪異みたいなのが出ているんだもん」とバッグが頬を膨らませている。

龍之介は考え込んでしまった。

バッグの言うとおり、なにかが出ていたのは事実だ。

菊原は昔からの友人である。楽しい奴だし、頼れる男だ。だが、影のまったくない、からりとした性格かと言われれば、即答できない感覚は、あった。

龍之介はすでに何度も怪異と対峙《たいじ》してきて、それが真実だと知っている。

先日のエドワード四世がそうだ。

歴史上は英雄視することもできるだろうが、出てきた亡霊はいわゆる怪異であり、悪霊悪魔の類いのような状態だった。

どちらが真実の姿かと聞かれれば、亡霊の姿が本心だろうと答えざるを得ない。

なるほど、だからバッグは「あの世」を「心の世界」とも言い、怪異に関する力を霊能とか法力とかと並んで「心の力」と言ったのかもしれない。

思索を続けながらも、龍之介は話題を変えた。

「僕も第四次『新思潮』の小説を考えないといけないな。バッグの知り合いにおもしろい河童はいないか?」

バッグは少し考えて、

「河童の里の和尚《おしょう》さん、すごく鼻が長いんですよ。……こういうのではなくて?」

「いいな。ちょうど『今昔物語』にも同じような話があった」

久米も賛成した。

「きみは歴史小説の形で、今日性《こんにちせい》のある題材を表現できる。それは才能だよ。しかも、短編の切れ味は絶品だ」

龍之介は、ほろ苦く笑った。

思考は先ほどの手紙から動いていない。

菊原が手紙の字面では久闊《きゅうかつ》を叙《じょ》し、第四次『新思潮』への参加を表明しているだけだとしても、その奥にある「心」はどうだったのか。

わからなかった。

違う。

わからないのではない。

現象としての「嫉妬の怪異」を認めるなら、菊原の心は屈折した嫉妬を抱いていることになる。表面上では何事もない仮面をかぶって、友人を演じていることになる。

その冷めた判断を、長年友人付き合いをしてきた感情が否定したがっている。

知りたくない……。

龍之介の側では友人だと思っていたが——いまも思っているが、菊原のほうでは自分をどう思っていたのだろう。友人だとは思ってくれていたと思う。手紙の文章ではそのように接してくれているからだ。しかし、それが心のすべてだったかどうか。

愛しながら、憎しむ。

不快に思いながらも、付き合いがつづく。

人間の心は複雑怪奇で、教会のステンドグラスのようにさまざまな色が組み合わさっている。本人にもわかっていないかもしれない。

だが、自分が友人だと思っていた人間が、これほどに自分への嫉妬を抱いていたのだとすれば――龍之介の心は沈んだ。

怪異を集めていく過程で、人の心の深みを覗くことになろうとは。

仮に……。

仮に、この「嫉妬の怪異」がほんとうで、菊原の本心は友情を裏切っているのだとして。

裏切られているとわかっていながら愛するのも、エゴイズムなのだろうか……。

龍之介が自らの心に沈殿するのは許されなかった。

バッグがしきりに龍之介の袖を引いた。

どうした、と尋ねると、バッグが赤門の向こうを指さしている。その顔が青い。

「龍之介さん、あれ……」

そこには、信じられないものがいた。

崩れた烏帽子《えぼし》と山吹の汗衫《かざみ》、手には聖柄の太刀を握った男の怪異が、大学構内の奥へ歩いていくのが視えたのだ。

「あれは――」

羅城門の盗人の怪異か。

しかし、小説に封じたはずでは――?

男の向かう先に、半透明の、余人には見えないだろう二階建ての門が、ぼんやりと暗く立っていた。

三

その日、龍之介は自主休講を選んだ。

久米には「次の『新思潮』のための構想を練りたいから」と言ってある。本当の理由は言うまでもない。羅城門の盗人の怪異らしきものを捜すためである。

大学の構内だからバッグは連れてこられない。

あぶないですよ、とバッグは心配してくれたが、正体を確かめないわけにはいかない。

書き上げたと思っていたのに。

『今昔物語』のなかで眠っていた羅城門の盗人は、白昼の往来を歩いたりはしなかっただろう。理屈はわからないが呼び覚ましたのは自分だ。

だから、それを渾身の原稿でねじ伏せたつもりだったのだが。

「これでは、怪異を集めるどころか、僕が怪異を広げてしまうようなものではないか」

龍之介はあやしまれない程度の早足で歩き回ったが、羅城門の盗人の怪異らしきものは一向に見つからない。

東京帝国大学は広い。そのうえ、入り組んでいる。教室に隠れられたら見つけるのは至難の業《わざ》である。あの怪異が、ふつうの人間に危害を与えるかどうかもまだわからない。急がなければいけなかった。

構内を散々歩き回り、坂を下って池のほとりにたどり着いた。

足がひどく痛い。ベンチに腰を下ろした。

ゆらゆらと池の面が揺れている。

夏ならば緑豊かな庭園だが、師走《しわす》となればだいぶ葉が落ちてさみしくなっていた。

灰色の雲が広がってきた空に、枯れ葉を残した黒い枝が突き出ている。

向かいの木立の合間からは赤い建物が見えた。

静かだ。

「今日だけはバッグをこっそり構内に連れてくればよかったかな」

このあたりはもともと加賀藩《かがはん》上屋敷の大名《だいみょう》庭園である育徳園《いくとくえん》という場所だった。江戸時代には諸侯庭園随一といわれ、東京帝国大学の敷地に採り入れられたのである。

池は「心」という字をかたどっているので心字池《しんじいけ》ともいうが、夏目漱石が『三四郎《さんしろう》』に登場させて一躍有名になり、この頃は「三四郎池」などと呼ばれていた。

北風に震えて外套のまえを寄せながら、龍之介はごちる。

「『それから、此木《この》と水の感じ《エフェクト》がね。——大したものぢやないが、何しろ東京の真中《まんなか》にあるんだから——静かでせう。かう云ふ所でないと学問をやるには不可《いけ》ませんね。』——」

それは『三四郎』の一節。登場人物のひとりである野々宮《ののみや》が、主人公の三四郎へ言う台詞《せりふ》だった。

先日、倫敦塔の怪異を解決したあと、漱石がひどく生真面目な——また胃痛にでも悩まされているような深刻ささえある表情で、助言したのである。

『小説家になるなら覚悟しなければいけないよ。それは心の世界に飛び込み、心のなかの宇宙を探索する覚悟だ』

夏目漱石も詩人だなと思いながら、聞き返した。

『心のなかの宇宙、ですか』

『われわれの心にはあらゆるものが詰まっている。心のなかに聖人もいれば悪魔もいる。仏もいれば殺人鬼もいる。それを探究するから無数の人物と人格を創造できるわけだ。だが、悪ばかり見つめていたら斬新なものを書けるかもしれないが、自分の心が悪と同通する。銭金《ぜにかね》のためや自然主義のような暴露趣味で書いていくならまだしも、理想や人間の生き方や愛や神を書くことで求めるなら、贋物《にせもの》のエゴイズムは命取りになる』

『どうしてそのようなお話を、僕に――?』

と龍之介が質問すると、漱石は苦笑してつけくわえたのだ。

『僕はそういうものだと知らなかったから、倫敦塔の怪異に気安く手を出してしまったのだと思うからさ。ほんの少しだけ先輩の、愚痴であり助言だよ』

『まだ、よくわかりませんが、心に留《と》めさせていただきます』

漱石は笑みを消して、最後に言った。

『どうしても困ったときには、僕の「草枕《くさまくら》」の冒頭を思い出してくれ。あれは、エゴイズムと折り合いをつけるための悟りを込めて書いたつもりだ』


心のなかにすべてがある、というのは興味深かった。

だが、そこに怪異までいるなら、話は別だ。興味深いだけでは済ませられない。

漱石が危惧《きぐ》したように、自分はうかつに手を出してしまったのだろうか。

そのうえ、菊原の手紙にあったようなものが頻繁に視えるようになるなら、まともな生活なんてできなくなる。

菊原の手紙を思い出してみる。内容はごくふつうなのだが、不思議と気になるものはあった。それは自分への嫉妬を感じたからではなく、微妙に郷愁《きょうしゅう》めいたものを感じたのである。

バッグが嫉妬だと指摘した黒煙に、なぜ郷愁めいたものを感じたのだろう。

鳥の羽ばたきが聞こえて、龍之介はふと気づいた。

あの菊原の手紙の文字から漂ってきた黒い煙は、龍之介が書いた「羅生門」の主人公である下人と同じにおいがあるのだ。

自分は「下人」を、菊原の素行から考えたわけではない。『今昔物語』を読み、そこにいる「羅城門の盗人」の心をあれこれ思案し、自らならどうするかを探究して書いたのだ。「探究」とは、漱石も使っていた言葉だ。

自分が漱石と同じ小説手法を使っていたのかもしれないとうれしく思う一方で、自分がすでに小説家への汽車にのってしまっているのを感じた。

龍之介は『遠野物語《とおのものがたり》』に興味を持ち、『聊斎志異《りょうさいしい》』を読み、本所七不思議を巡り、怪異話を手に入れようとした。

しかし、それは自分の外側の存在だ。

その外なる存在が自分の内に根づき、命を持って物語を語りだし、小説へと結晶するには自らの心を通さずしてはかなわないのではないか。

心とは目に見えないものだが、巨大な創造の錬金術を行う研究所でもあるのか。

龍之介は池のほとりからあがって、東京帝国大学のあちこちを見回した。

赤門のほうをなんとなく眺めたときである。

龍之介は呆然となった。

「どうして――」

この辺からでは赤門は見えない。しかし、別の巨大な建築物が――違う門があった。

龍之介はそれを知っている。

「羅生門……」

龍之介は、その建物の名をつぶやいた。

まるで別れた女の名を口にするように。

四

芥川龍之介が書いた「羅生門」だが、羅生門という名の建築物は平安時代には存在しなかった。

平安京の昔、朱雀大路《すざくおおじ》の南端に建築されたのは「羅城門《らじょうもん》」であり、のちに中世の謡曲などの影響で「羅生門」という字があてられるようになったという。

都を取り囲む城壁を羅城といい、その門だから羅城門とされた。

日本では都全体を囲む城壁は設けられなかったが、門にその名は残ったのである。

龍之介が生きている時代、現実の羅城門は毀《こわ》れて、ない。

ゆえに羅生門は、羅城門の資料から龍之介が想像して創造したものである。

羅生門は重層、つまり二階建てとした。上部が切妻《きりづま》といわれる二方への屋根を持ち、その四方に庇《ひさし》屋根をつけた入母屋《いりもや》造《づく》りになっていて瓦《かわら》屋根を用い、鴟尾《しび》を備えていた。

幅十丈六尺（約三十五メートル）、奥行二丈六尺（約九メートル）、高さ約七十尺（約二十一メートル）。七間の正面柱間《はしらま》があり、中央五間には扉が入る七間五戸の構造で、左右の一間ずつは壁だった。

元来、木部は朱塗りだったが、だいぶ色がはげている。白土塗りの壁も穴が開いているところがある。鼠が出入りし放題だ。

幅七丈（約二十四メートル）五段の石段が内と外をつないでいる。

「羅生門……」

そのとき、さらに驚くべきことが起こった。

龍之介のつぶやきに呼ばれたかのように、羅生門がこちらへ動きだした。

初めはゆっくり。徐々に速度をあげて、滑るように移動する。

まるで汽車のようだった。

龍之介が驚愕しながらもなんとか立ち上がったときには、羅生門が猪《いのしし》のように猛進してくる。

龍之介はとっさに目を閉じ、両腕で頭を守った。

巨大な建築物が自分を撥《は》ね飛ばす衝撃は、いくら待っても来ない。

龍之介は恐る恐る腕をどかし、目を開いた。

その頬に水滴が落ちた。

雨だ。

瞬く間に雨はひどくなり、ざあっという音とともにあたりを包んだ。

目の前はまっすぐな道があり、道の左右には碁盤《ごばん》の目状に家並みが続き、これまた右にも左にも寺院伽藍《がらん》が見えた。

彼方は雨に煙って見えない。

三四郎池は、どこにもなかった。

「まさか、ここは――」

龍之介が振り返れば、そこに巨大な入母屋造りの門があった。

「やはり羅生門、なのか」

震える声でつぶやけば、雷鳴が応えた。

どういうことだ。

だが――もっと知りたい。

頭のなかでは最大級の警告が聞こえるのに、龍之介の好奇心が胸を騒がせていた。

バッグと知り合ってから、この「知りたい」という欲求のせいでたいへんな目に遭ってきたのはわかっている。
だが、どうしても好奇心を止められない。
知りたいのだ。

まずは、雨宿りをしよう。
羅生門の下には、予想はしていたが市女笠《いちめがさ》も揉烏帽子《もみえぼし》もいなかった。
大きな円柱に蟋蟀《こおろぎ》がいるだけだ。
まさか。やはり——。
心臓が激しく脈打った。
そのとき、二階から男の声が聞こえたのである。
『では、己《おれ》が引剝《ひはぎ》をしようと恨むまいな。己もそうしなければ、饑死をする体なのだ』
龍之介はぞわりとした。
これは、自分が書いた「羅生門」の、主人公・下人の最後の言葉だ。
老婆の悲鳴が聞こえた気がした。
バッグ、と呼んで、あの子河童がここにはいないことを思い出す。
そのときである。
羅生門の二階から、山吹の汗衫に紺の襖《あお》を重ねた男が降りてきた。

その細かい造形を見たときに、龍之介は確信した。

あいつは「羅城門の盗人」の怪異ではない。

「羅生門の下人」――つまり、僕の小説が生み出した怪異だ。

下人は、老婆から剝ぎ取った檜皮色《ひわだいろ》の着物を脇に持っている。まだ老婆の体温が残っているほどだろう。

下人の目は初めての悪事に血走り、その身体が興奮で震えている。

『見ていたのか。それとも狙っていたのか』

と唾を吐きながら、龍之介に襲いかかってきた。

「違う。僕は――」

『見慣れぬ衣裳だ。渡来人か。いずれにしても珍しい着物なら高く売れる』

龍之介と下人は、上になり下になりを繰り返す。

小突き、殴り、蹴り上げ、嚙みついた。

雨音がふたりの荒い息をかき消す。

そのせいで、二階からの呻き声はどちらのものも聞こえなかった。

『おのれ、返せ』

短い白髪を逆さまに覗き込んでいる老婆が、下人を糾弾していた。

『返せと言われて返すものか』

下人は龍之介を突き飛ばすと、雨の都へ走り去っていく。

裸の老婆が鼠のように降りてきて、雨を睨んだ。だが、それはほんの一瞬のことで、しわだらけで木乃伊《ミイラ》のような皮膚の老婆は、龍之介を見て笑った。

『おうおう。若い男がおる。どうじゃ。その着物とわしの持っている干魚とを交換しないか。ある女から手に入れた。いい干魚じゃ』

この老婆も僕が生み出したものなのか……。

「断る」

それは魚ではなく蛇を切ったものだと、龍之介は知っている。

そのように龍之介が小説に書いたからだ。

『雨が降って寒かろう。腹が減ってひもじかろう。火をおこしてやろうか。焼けば干魚は一段とうまいからの』

老婆は人懐っこい——と当人は思っているのだろう——笑みで近づいてきた。

しかし、龍之介はその笑みが偽りであり、生きるためと称して他人をだますだけの畜生道の笑みだと知っている。

「僕はそんなものいらないッ」

老婆の笑みにひびが入った。

『ああ、そうかい』仮面を捨てた老婆は、怪異そのものの顔となった。『だったら、その着物を置いてけ。わしは寒い。寒いのじゃ』

老婆がくさい息をさせながら、龍之介の首にかじりついてきた。息だけではなく、ひどい臭気がする。二階の死骸の腐乱したにおいと老婆の不潔な体臭が入り混じっていた。

老婆は粘り着くような手で、龍之介の目を狙い、龍之介の着物を脱がそうとしている。

「やめてくれッ」

龍之介は力尽くで老婆を弾き飛ばした。

柱に身を打った老婆が動かなくなる。

龍之介はぞっとなって、老婆の様子を窺った。

「おい。大丈夫か」

裸の老婆が呻き声を発しながら身をよじり、腹這いになってこちらを睨む。

老婆は髑髏《どくろ》のような顔で言った。

『蛇を魚と売った女。死人の髪を抜いていたわし。わしの着物を引剝した下人。みな、自分が生きるためにした。おのれは自分が生きるために、わしを払いのけた。おのれとわしは同じじゃ』

「違う。僕は――」

老婆はがっくりと力を失った。
老婆が死んだのか、気絶したのか、わからぬ。
確かめる気にもならなかった。
恐ろしい。

五

僕が書いた「羅生門」の世界から、僕は逃げたい。
龍之介は雨の都へ走りだした。
地面を泡立たせるように強い雨のなか、龍之介は下駄を手に持って走る。
暗い。前がはっきり見えない。冷たい。足裏にあたる小石が痛い。
どれほど走ったか。
眼前に再び建物が見えてきて、龍之介は「助かった」と急いだ。
だが、近づいて歩が止まる。
そこに龍之介を待ち構えていたのは、逃げ出した羅生門だった。
濡れた下人が、雨やみを待っている。
手ぶらだ。さっきの老婆の着物はどうしたのだろう。
しばらく物陰から見ていると、下人は大きなくしゃみをした。

下人は不意に羅生門の二階に目をやった。


そのとき、龍之介はふと思った。

もしかして、下人はさっきの老婆の着物を処分したのではない。

まだ手にしていないのではないか……？


下人は恐る恐るという物腰で羅生門の二階に上がっていく。

雨音のなかに、かすかな物音がした。

雨はいっそう強く降ってくる。

たたきつける雨の合間をぬうように、老婆の悲鳴が聞こえた。

大きな音がして、下人が二階から転ぶように降りてくる。

手には老婆から奪った着物がある。

下人が、初めての盗みに手を染めた興奮に息を荒くしている。吐く息が白いだけでなく、下人の身体からも白い湯気が立っていた。

下人がこちらへ走ってくる。

目が合った。『待て』と下人が叫ぶ。

まずい。

龍之介は、血走った下人の目から逃れるため、闇雲に走りだした。
息が上がる。
ぜいぜいという息の音が、自分のものか追ってくる下人のものかもわからぬ。
雨の都の路地をじぐざぐに走る。
何度か転び、膝をすりむいた。
だが――。
気がつけば龍之介はまた羅生門の前に戻ってきている。
濡れた下人が、雨やみを待っている。
手ぶらだった。
龍之介は乱れる息を整えるのも忘れ、愕然とした。
僕は、物語のなかを円環しているのか……。
下人が大きなくしゃみをした。
もうじき、彼は二階に上がり、老婆と対面する。
そして、下人は引剝をして降りてくる。

止めなければ、と思って、動けなくなった。

僕には止められない。

下人に悪を犯させたのは、僕だからだ。

篠突《しのつ》く雨のなか、羅生門が屹立《きつりつ》している。

本来、「羅城門」だったのを「羅生門」としたのは、龍之介だ。

仏教に言う「修羅」と「畜生」の門として、定めた。そのように「生」きることが、エゴイズムという誰しも逃れられない人間世界の「羅《ら》」、網だという思いもあった。

救いまでは、到っていない。

そこまで龍之介は書かなかった。

龍之介自身が、言葉にできるだけの救いに到達していなかったからだ。

夏目漱石は言っていた。

私たちの書く小説は世界を形成している。怪異を扱う場合は、怪異が現象化してしまうこともあるし、不十分でも怪異を封じ込めることもできる、と。

こういう意味だったのか。

自分たちが書く小説は、現実世界や物語世界だけではなく、怪異の世界——いや、心の世界を形成しているのか。

その形成した世界に、怪異が現象化し、龍之介がとらわれている。


下人の姿が消えた。

いま、二階ではまさに下人がエゴイズムに翻弄され、堕《だ》す瞬間を迎えているだろう。


羅生門は動かない。

その古びた、見たことのない倫敦塔のような暗い建物に、いくつもの印象が重なった。

生家があった。心を病んだ母がいた。

伯母がいて、養父母がいた。

中学時代の自分と級友たち。山本。まだ幼い文の声。

一高の同窓生。学帽があった。

東京帝国大学。英文学科のくだらない授業。久米とのおしゃべり。

吉田弥生《よしだやよい》。家柄の違う恋だからあきらめろと言った養家の人々のエゴイズム。

なによりも、それを受け入れた自分自身のエゴイズム。

それらが、『今昔物語』の「羅城門の怪異」の姿に取り憑いて、新しい怪異になったのを目の当たりにしている。

「人の心が怪異を呼び、人の心が怪異を生み、人の心が怪異となる——とでもいうのか」

怪異集めの行き着く先はここだったのか。


どうしても困ったとき——漱石はそんなことを言っていた。

思い出せと言った『草枕』の冒頭に、「智に働けば角が立つ。情に棹《さお》させば流される」と漱石は記した。

漱石のあの言葉は、その一節は、この瞬間を予見してのことだったのか。


物語に「救い」はないのか。

答えは「無」だった。

なぜなら、ここは物語の世界だから。

作者が用意しない限り、「救い」はない。

物語世界もまた、現実世界と同じ不条理があるのだ。理不尽なのだ。


龍之介はどういうわけか笑いがこみあげてきた。

「ふふ、ふふふ。しかしな——『ただの人が作った人の世が住みにくいからとて、越す国はあるまい。あれば人でなしの国へ行くばかりだ。人でなしの国は人の世よりもなお住みにくかろう。』ということさ」

と、漱石の『草枕』で自らに語りかける。

雨が緩くなった。

物語世界と違って、現実世界には「救い」がある。

『聖書』の愛と自己犠牲の教え、釈迦大如来《しゃかだいにょらい》の教えから派生した『今昔物語』の説話。

神仏だけではない。

久米の友情があり、バッグの親しみがあった。

漱石の導き、文の屈託ない笑顔。

お駒《こま》や大蛇や黒い人影や倫敦塔の怪異ども、暗い嫉妬を向けているかもしれない菊原さえも、龍之介に心を振り返らせるという意味では、救いに転じられるはずだ。

それもまた、心の力。

修羅と畜生を生むのも心の力なら、救いを見いだすのも心の力のはずだ。

だから、もっと知りたいのだ。

もっと怪異の話を集めたいのだ。

雨が、止んだ。

羅生門に低く立ち込めていた雲に切れ目が走る。

金色《こんじき》を帯びた陽の光が、一条射し込んだ。

太陽が、姿を見せた。

あたたかい。

太陽に頬をさらして、龍之介はその熱に感動した。

その龍之介の心に応えるように、曇天の羅生門に一条の陽の光が降り、なにか光るものが降りてきた。

それは白く細く、風に揺れる頼りない蜘蛛《くも》の糸だった。

蜘蛛の糸は天から降ろされ、天に延びている。

御仏の救いの糸だと思った。

きっとこの糸の先には釈迦大如来がいて、蓮池《はすいけ》のなかに映じたあわれな自分に糸を垂れてくれたのだ。

龍之介は手を伸ばして、その救いの糸を摑む。

この糸を登っていけば、外界に出られるという直観があった。

案の定、糸は風に揺れ、そのたびに龍之介は落下の恐怖と闘わなければならなかった。

たぐり登っても、容易に天には届かない。

修羅畜生の羅生門と、釈迦大如来のいる蓮池とはどれほど離れていることか。

額の汗が目に入って、沁みた。

何千キロとか何万里とかでは済むまい。大宇宙の果てよりも遙かに偉大な御仏から見たら、自分など塵芥《ちりあくた》に等しい。その自分がこの糸をたぐっているのだ。どれほど時間がかかるだろうか――。

蜘蛛の糸が、明らかに風とは違う動きをした。
まるで引っ張られているようだ。
気づけば、下から数限りない者たちが蟻《あり》のように列をなして糸を登ってきつつあった。
そのなかには、あの下人もいた。老婆もいた。
龍之介は思わず笑みを浮かべた。
「このようなときでも見知った顔があると、人はうれしくなるものだな」
心の動きを、またひとつ知った。
あの怪異たちに感謝したいくらいだった。

糸が張り詰め、揺れる。
このままでは蜘蛛の糸は切れてしまうだろう。
龍之介はさすがに焦《あせ》った。
糸がここで切れれば、自分は羅生門にたたきつけられて絶命するかもしれない。

物語世界だから死なないかもしれないが、次の蜘蛛の糸がいつ来るかはわからない。
龍之介の心に恐怖が満ちる。

この「救い」は自分の心がもたらした仏の慈悲のようなものだ。
なぜ他の者が登ってくるのか――。
龍之介は蜘蛛の糸に掴まったまま考えた。
これは自分の心に応じて与えられた「救い」のはずだ。
つまり、自分のための糸だ。
それをなぜ他の者が掴むのか。
下人や老婆のようなエゴイズムの塊が、仏の救いにあずかるなんておこがましい……。

だが、そのときだった。
暗く冷たい羅生門で、腹這いになって龍之介を咎めた老婆の言葉が甦った。
おのれとわしは同じじゃ――。
龍之介は愕然とした。
違うと否定したかった。
おまえたちのような怪異と同じではないと言いたかった。

そんな言葉は受け入れ難くて——先ほどは逃げたのだ。

いま自分の心にあるのは老婆に見透かされたように、「自分だけ助かりたい」という気持ちではないのか。

龍之介は下を見た。

どこから湧いて出たのか、糸に連なろうとする人々の列はどんどん延びている。


——ああ、みんな、救われたいのだな。

こんな暗い、雨寒の世界よりも、あたたかい世界でのびのびしたいよな。

人は誰しも幸せになりたいのだ。

自分の思うがままに生きて幸せになりたいだけなのだ。

しかし、そうはいかないのが人の世だ。

自分が幸せになりたいように、他人もまた幸せになりたいからだ。

幸せになりたいという気持ちには、エゴイズムもあるだろう。

けれども、大きく伸びていきたい気持ちそのものは天来のものではないか。

子供が大きくなりたいというのはエゴイズムではないから。

か弱い蜘蛛の糸に、あの人数が登るのは不可能に思えた。

龍之介ひとりでも危ういくらいなのだ。

あとから来る連中を蹴落としでもしなければ、糸は切れてしまうだろう。

「ふ、ふふ。ふはは。あははは――」

龍之介は笑いがこみあげてきた。

なるほど。これはエゴイズムだ。

老婆の心であり、堕した下人の心だ。

しかし――。

「この芥川龍之介は、エドワード四世の小説を断った男だぞッ」

下から登ってくる連中を蹴倒し、急いで糸を伝えば、外界に逃れられるかもしれない。

いまここで龍之介が下人らを蹴落として外の世界に逃れて、はたして幸福なのか。

そんなことをして助かった龍之介を、久米やバッグは見たいか。文に見せられるか。

なによりも、龍之介自身がそんな龍之介を見たくはない。

蝶《ちょう》に似せた蛾になりたくはないのだ。

「僕はみんなに知られてがっかりされる自分をさらしてまで生きたくはないッ。そんな自分になったら、もう小説は書けない。僕は芥川龍之介だ――ッ」

みんなが幸せになりたいのだから、幸福は自分が他者から奪っては決して得られない。

ごちそうを目の前にして二メートルもの長さの箸を渡された餓鬼のようなものだ。いくらお腹がすいていても、自分だけがごちそうを食べようとしても、その箸では食べられない。

しかし、互いの箸で食べさせ合えば、ごちそうをお腹いっぱい堪能できる。

「自ら欲することを、他の人に施せ。自分を捨てて与えるところに愛はある」

龍之介は、摑んでいた蜘蛛の糸を離した。

ゆっくりと身体が羅生門へ落下しはじめる。

もう、糸には手が届かない。

久米やバッグは、龍之介が帰還できなかったら、悲しんでくれるだろうか。

養父母や伯母はどうだろう。

文は、泣いてくれるだろうか。

けれども。

自分を捨てた自己犠牲の向こうにも幸福はあるはずだ。

古来、そのような道徳譚は人類を照らしてきた。

そうだ。僕が書く小説は、諧謔や暇つぶしや暴露話ではない。

人の心をあたため、感動させ、鼓舞《こぶ》したいのだ。

怪異話の現実感が欲しかった。

恐怖や不思議の向こうに、人の心を惹きつけるなにかがあるから。

作者のくせに、自分の小説のなかで犠牲になった男——そんなふうに馬鹿にされてもかまわない。

不思議な怪異も道徳も、ともに美しいのだから。

太陽が遠のいていく。

自分にも、いつかまた別の糸が来るだろう。

自分が救われるのはそのときでいい。

釈迦大如来の後光のようにまぶしい太陽に、いまは祈る。

この糸で羅生門の修羅場から出られた人が幸福でありますように、と——。

六

気がついたときには、龍之介は自分の部屋の布団にいた。

見慣れた眺めとにおいの布団と部屋に驚きながら、「どうして」とつぶやくと、視界に久米が入った。

「目が覚めたか」

「久米？」

「心字池をあがったところで倒れていたのだ」

さらにバッグと塚本文の泣きはらした顔が近寄ってくる。

「龍之介さん」

「芥川さん」

と、ふたりが寝ている龍之介の首にしがみついてきた。

バッグと文が泣きだした。

その声、その重さ。どうやらこれは現実らしい。

あの羅生門は夢だったのだろうか。

だが、龍之介の五感に下人や老婆の痕跡が刻み込まれている。

ふと思った。

――もしかしたら、この世こそ夢なのではないか。

布団から起き上がった龍之介は何度か深呼吸して、鼻の奥に残る老婆のにおいを追放するために、いま自分が体験したことを語った。

みな、固唾《かたず》をのんで聞いている。

聞き終わって、バッグは胸をなで下ろし、久米は呆れ、文は目を丸くした。

「どこの世界に自分の書いた物語に殺されそうになる作家がいるんだ」

と久米が頭をかいている。

「ここにいたよ」と龍之介は苦笑いで自分の顔を指さした。

「けれども、その蜘蛛の糸のお話は『羅生門』にはなかったのですよね？　芥川さんなら、それだけでひとつ小説が書けそうだと思います」

と文が明るく微笑んでいる。


龍之介にも、どうして自分がこちらの世界に戻ってこられたのか、わからない。

わからないが、やるべきことがあるのだろうとは感じた。

……それぞれの人間がそれぞれの物語を生きている。

それぞれの物語なのに、なぜか互いの物語に共感し、反発し、感動し、惹かれる。

たまに他人の物語を覗きたくなる。

他人の物語は自分からは奇異で、ときに怪異で、ときにうらやましい。

その他人の物語を垣間見させるのが、小説だ。

小説は登場人物の心の蒐集譚だから。

畢竟《ひっきょう》、心とは、なにを信じて生きていくかなのだろう。

その信じたものに沿って、自分を見、他人を見、社会や国家や世界を見る。その信じたものによって善悪と好悪を峻別《しゅんべつ》して、自らがよいと思うものを心に集めていく。

選択と創造が集まっていく。

人の一生とは、信じたものの集まりなのだ。

それを怪異の世界――この世を超えた世界からのまなざし――から照射したら、きっとおもしろいことになるだろう。

そんな小説を、なによりも龍之介自身がもっと知りたい。


「いまは何時だ。僕はどのくらい眠っていたのだ?」

「一晩とちょっとさ。もう午《ひる》ちかくだ」と久米が答えた。

「いいにおいがするな」

「飯の支度をしているのだろう。待ってろ。下に行って女中さんになにかないか聞いてきてやる」と久米が下に降りていった。文が「あたしも」とついていく。

その隙に、龍之介はバッグに尋ねた。

「えらい目に遭ったよ」

「やっぱり、『こんにゃくものがたり』だったんですか?」

「いや、僕が書いた『羅生門』だったよ」

バッグが目と口をあんぐりさせた。

「龍之介さん、そんなすごい小説を書いてたんですね」

「どうすごいのかはわからないがな。自分の小説に閉じ込められるところだった」

「しばらくのあいだ、魂がこの世にいなかったですよね？」

「そうだったのか」

「無事に戻ってきてくださいって、文さんとふたりで、お釈迦さまにお祈りするしかできませんでした」

祈りは通じていたよ、と心のなかで答え、口では別のことを言った。

「『帝国文学』に書いた『羅生門』、なんとかしないとな」

「ぼくもそれがいいと思います」とバッグが神妙な顔になった。「また龍之介さんが羅生門に連れていかれたら大変です。どうしたらいいか、ぼくにはわからないですけど」

バッグの声が急激にしぼんだ。

龍之介も腕を組んだ。

「あの終わり方では、怪異を封じていなかったのだろう」

「どこがいけなかったんでしょうか」

「たぶん、最後が肝心なのだろうが……」

龍之介はそばにあった『帝国文学』を開く。

「……そうか。わかったかもしれない」

「どこですか」

龍之介はバッグにその箇所を示した。

小説の最後である。

「ここだ。『下人は、既に、雨を冒して、京都の町へ強盗を働きに急ぎつゝあった。』という最後の一文。これでは、下人は強盗のために解き放たれてしまっている」

「それで、怪異になって出てきた……？」

「試してみる価値はあると思う」

龍之介は愛用のペンを取って、その一文に縦線を引く。

そのまましばらく黙考し、空白に書き入れた。

「なんて書いたんですか」

「『下人の行方は、誰も知らない。』にしようと思う」

「どこかへ行っちゃうってことですか」

「下人をこの小説のなかで揮発させてしまう感じ《イメージ》かな」

そうすることで、小説も余韻を残しつつ放散する。

「羅生門」の下人の次の悪を具体的に示さないことで、封じることができるだろう。

それで、おしまい。

龍之介の直観だったが、たぶんうまくいく。

「それから、バッグが教えてくれた鼻の大きな河童の話、本腰を入れて仕上げるよ」

バッグが、ぱっと笑った。

「うれしいです。『こんにゃくものがたり』っていうのにも、似たようなのがあるって言ってましたよね？　夏目漱石先生も絶賛の作品になりますよ」

そうあってほしいな、と龍之介は火鉢に手をかざす。

漱石が言っていたことを実地に体験し、乗り越えたいまなら、漱石の心に届く小説を書けるのではないかと、密かに頼むものはあった。

それだけではない。

「『柳川隆之介』の筆名は捨てようと思う。これからは本名の『芥川龍之介』で行く」

塵芥のような自分が、運命の川を流れていく。運命は善も悪もすべてを含んで滔々《とうとう》と流れる。それは時の大河であり、慈悲の大河なのだろう。

ゆえに「芥川」。

実にぴったりではないか。

龍は仏教の守護をしているともいうが、自分はそこまで高貴ではない。

ただ、この世とあの世、現世と怪異、地上と天上、物質と心を行き来し、架け橋となる龍になりたい。

そのためには、借り物の名前ではダメだ。

真正面からぶつからなければいけない。

命と引き換えにしてでも、もっと知りたい。

「なにか心境の変化があったんですか」とバッグが尋ねた。

龍之介はにやりとする。

「僕は怪異だけでなく、すべての神秘を小説に閉じ込める表現者になりたいのさ」

久米と文が、昼食の膳を持って上がってきた。

〈了〉

引用文献

夏目漱石『倫敦塔・幻影の盾』新潮文庫

夏目漱石『草枕』岩波文庫

夏目漱石『三四郎』角川文庫

芥川龍之介『羅生門・鼻・芋粥』角川文庫

芥川龍之介『蜘蛛の糸・地獄変』角川文庫

芥川龍之介『ちくま日本文学００２　芥川龍之介』筑摩書房

柳田国男『遠野物語』角川文庫

皇弟殿下の薬湯妃
～初恋の人との駆け落ち先は後宮でした～
唐澤和希
私がそなたを守る
後宮の侍女・燕は皇弟殿下・弘頼とともに、
妃たちを悩ます事件を持ち前の薬湯の知識で解決していき――!?
KiKi BUNKO
Illust:白谷ゆう

国土交通省鎮守指導係
天崎志津也の調査報告
栗原ちひろ
荒ぶる神、鎮めます！
神様と因縁持ちの天崎と霊感に目覚めた津々楽の
お仕事オカルトミステリー！
KiKi BUNKO
Illust:yoco

あやかし帝都の政略結婚
～虐げられた没落令嬢は過保護な旦那様に溺愛されています～
香月文香
純愛×出生の秘密
過酷な運命の没落令嬢を一途に守る旦那様の
帝都溺愛婚姻鬼譚
Illust:沙月
KiKi BUNKO

KiKi BUNKO

芥川龍之介《あくたがわりゅうのすけ》は怪異《かいい》を好《この》む

遠藤《えんどう》 遼《りょう》

2025年1月23日　初版発行

発行者　笠倉伸夫

発行所　株式会社　笠倉出版社
〒110-8625　東京都台東区東上野 2-8-7　笠倉ビル
［営業］TEL 0120-984-164
［編集］TEL 03-4355-1103
https://www.kasakura.co.jp/

印刷所　株式会社　光邦

装丁者　須貝美華

定価はカバーに印刷されています。

乱丁・落丁の場合は当社にてお取替えいたします。

本書は書き下ろしです。
この物語はフィクションであり、実在の人物・事件・団体とは一切関係ありません。

ISBN 978-4-7730-6702-6
Printed in Japan